「!?」
思わずその魔石に触れようとした瞬間、
今度は言葉にしようがない悪寒が体を包んだ。
跳ね上がる心臓とどちらが早いか、
咄嗟に後ずさり距離を取った俺の体からは、
滝のような汗が吹き出している。
今のは何だ？　あの石、ヤバイのか？
神達に拾われた男 14

「……協力に感謝する」

「!!」
感謝の言葉が聞こえたとほぼ同時に、
彼女の体から闇が溢れた。

お客様が到着したようだ。
外に配置していたストーンスライムからの
連絡を受けて表に向かうと、
公爵夫妻とセバスさん、
そしていつもの護衛4人の姿が
目に入り安心した。
しかし、今日は彼らに加えて
見慣れない男女も同行している。

神達に拾われた男

14

The man picked up by the gods

Roy

CONTENTS 14

The man picked up by the gods

illustrator：りりんら

8章18話 攻略開始

翌朝

亡霊《ぼうれい》の街の本格的な攻略は、体の芯《しん》まで響《ひび》くような爆音《ばくおん》と共に始まった。

俺達《おれたち》が目的としている常闇《とこやみ》草は、亡霊の街の中央に建つ塔《とう》の中で採取可能。だが、採取するまでに邪魔《じゃま》なものが２つある。それが、刑務所《けいむしょ》の名残《なごり》としていまだに残る大きな門と、その奥《おく》にひしめく桁外《けたはず》れのアンデッドの群れ。

そこで、まずは門を破壊《はかい》する。そのついでに死蔵《しぞう》していた火薬を処分しようと、ありったけを景気よく使ったけど、

「とっておいても仕方がないとはいえ、流石《さすが》に火薬の量が多すぎたかもしれませんね」

「砂埃《すなぼこり》が舞《ま》っていてよく見えんが……門は確実に吹《ふ》き飛んでいるな」

「門どころか、その先にいたアンデッドも一緒《いっしょ》に吹き飛んだみたいよ。問題はないけど」

「できるだけ離《はな》れておいてよかったのぅ」

門までの一本道より手前にある曲がり角から顔を出して様子を窺《うかが》う間にも、念のために

張っておいた結界に、小さな石がコツコツと当たっては落ちている。元は廃鉱《はいこう》で敵を爆殺《ばくさつ》、または坑道《こうどう》を崩《くず》して生き埋《う》めにするために用意していた量なので、順当といったところだろう。

ゆっくりしていると、せっかく空いた場所がまたアンデッドで埋まってしまう。今のうちに準備を整えてしまわないと。

「入り口確保」

『ゴブッ！』

事前にディメンションホームから出して、後方に待機させていたゴブリン達《たち》が一斉《いっせい》に駆《か》け出した。

先頭を走るのは、甲冑《かっちゅう》に身を包み、硬化《こうか》液板製のタワーシールドとメタルスライムのメイスを持ったホブゴブリン達。その後に槍《やり》を持ったホブゴブリン、グレイブスライムを抱《かか》えたホブゴブリン、遠距離《えんきょり》武器を持ったゴブリン達と続く。

彼《かれ》らの動きは緩慢《かんまん》で、一糸乱れぬとは言い難《がた》い。しかし、それぞれが一目散にこちらへ、押《お》し合いへし合いしながら迫《せま》ってくるので、のんびりしているとせっかく空けた道が埋まってしまう。

再び彼らが集まる前に、ゴブリン達を急がせて、破壊された門の手前に陣取《じんど》ることに成功。盾《たて》持ちのホブゴブリンが横一列に並んだ間から、運ばれていたグレイブスライムをさらに前へ出す。

今日の作戦は全部で三段階あり、第一段階は俺《おれ》の従魔達《じゅうまたち》が中心。門の前を爆破《ばくは》で一掃《いっそう》したとはいえ、街の奥にはアンデッドがまだまだいる。俺と大人組の5人だけで正面から挑《いど》めば、流石に物量で負けてしまうので、こちらも俺の従魔で数を増やすことにした。

尤《もっと》も、それでもこちらの数は100にも満たない。対する敵の総数は不明だけれど、亡霊の街の広さと瘴気《しょうき》の様子を考えれば、少なくとも1万はいると思われるそうなので、数では圧倒的《あっとうてき》に不利であることには変わりない。

「『コーティング・ライト』」

そこで、対アンデッドに効果的な光属性の魔力《まりょく》を、俺が魔法《まほう》でゴブリン達の武器に纏《まと》わせる。俺はまだレミリーさんのように〝ライトボールの並列詠唱《へいれつえいしょう》〟はできないが、彼らが持っている武器、つまりは従魔契約《けいやく》をしているメタルスライムを目印にすることで、一気に魔力を送ることはできた。

対アンデッドならこれだけでも確実に殲滅《せんめつ》力は向上するし、数との相乗効果も期待できる。もう少し慣れれば、同じ従魔であるゴブリン達に強化魔法をかけることもできるかもしれない。

それに、今日はグレイブスライム達にも最初からどんどん敵を食べてもらうので、実際にゴブリン達が行うのは、スライム達を越《こ》えてきた〝打ち漏《も》らしの掃討《そうとう》〟。後方からの支《し》援《えん》も受けながら、この仕事だけに専念してもらえば、ゴブリン達だけでも優位に立って戦うことは可能なはず。

それでももし状況《じょうきょう》が悪くなりそうなら、俺や大人組が出て対処する手はずになっている……まぁ、そんなことが起こるのは最初の数時間だろう。というのも、しばらくすれば討《とう》伐《ばつ》と同時に食事をしたグレイブスライムがどんどん増えていく可能性が高いから。グレイブスライムの数が増えれば、それだけアンデッドの処理効率も上がるのは確実だ。

今日の作戦はグレイブスライムを増やして、亡霊の街に侵入《しんにゅう》しながらこちらの陣地《じんち》を作っていく〝陣取りゲーム〟と考えれば分かりやすいかもしれない。

「『ホーリースペース』こちらも休憩所《きゅうけいじょ》の設営完了《かんりょう》よ。今回の作戦は持久戦になるから気長に、疲《つか》れたと思ったら早めに後ろに下がるのよ」

「ありがとうございます、気をつけます」

そんな話をしていると、亡霊の街の奥から現れたアンデッド達が一歩、また一歩と迫ってきた。既《すで》に空には日が昇《のぼ》っているため、その動きは牛歩のごとし。だが、列の終わりが見えないほどの大群が一歩一歩迫ってくる姿、足音やうめき声が集まったことで生まれた喧騒《けんそう》は、不気味な圧力を感じさせた。

「ゴゴ……」

「グゥ……」

その圧力を感じているのは、ゴブリン達も同じだったのだろう。彼らが敵の大軍を前にして、抱《いだ》いた不安が伝わってきた。このまま浮《う》き足立《あしだ》ってしまうようでは、勝てるものも勝てなくなる。

……ここは景気づけに、アンデッドを派手に倒《たお》させよう。丁度、アンデッドの群れの先頭は、空を漂《ただよ》うレイスの群れだ。彼らは空を飛んでいるため、地上のアンデッドと違《ちが》って芋洗《いもあら》いになることなく動き回れるので、機動力は高い。

「遠距離《えんきより》攻撃《こうげき》部隊、構え！」

機動力は確かに高いけど、遮蔽《しゃへい》物のない空中に浮かんでいれば無防備にもなる。さらに死霊誘引《しりょうゆういん》の効果によって一直線にグレイブスライムを目指し、密集しながら近づいてきてくれるのだから、狙《ねら》いやすくていい的だ。

俺の号令に合わせて、隊列の後方に控《ひか》えていたゴブリン達が一斉に、その手に取りつけた〝パチンコ〟を空に向かって掲《かか》げる。それは昔の子供の玩具《おもちゃ》のようなものではなく、海外にあるもっと大型で狩猟用《しゅりょう》のものを参考にして、金属製のフレームで腕《うで》を固定し、支えにすることで命中精度を高め、ゴムを強く引けるようにした強力なもの。もちろん、ゴムの部分はラバースライムだ。

「もう少し引き付けて……撃てっ！」

号令と同時に、ゴブリン達が一斉に弾《たま》を空へと放つ。勢いよく飛び出した石は山なりに飛び、グレイブスライムしか眼中にない様子のレイスの群れに降り注ぐと、彼らの体に触《ふ》れた途《と》端《たん》に大穴を開け、あっけなく消し去った。

弾はその辺の岩壁《がんぺき》を加工したＢＢ弾程度の小石。当然ながら光属性の魔力を纏わせてあるので、アンデッドに対する攻撃力《こうげきりょく》は十分にある。対アンデッド戦で重要なのは武器の大きさや重さではなく、魔力の有無《うむ》のようだから、魔力を纏わせることができれば何を使っても倒せてしまいそうだ。

『ゴゴッ⁉』

「光属性を纏った武器があれば、アンデッドは簡単に対処できる！　隊列を崩さず、落ち着いて対処すれば目の前の群れも敵じゃないぞ！」

『ゴ、ゴォーッ‼』

「射程に入った者から、どんどん打ち続けろ！　弾はいくらでもあるぞ！」

『ゴォーッ！』

実際にアンデッドを簡単に倒す光景を見せ、効果を証明して言葉をかけると、元々単純なゴブリン達には効果覿面《てきめん》。先ほどまでの気圧《けお》された様子は消え、それどころか目に見えて興奮し始めた。

意気揚々《いきようよう》と声を上げるゴブリン達を見て一安心していると、隣《となり》にいたシーバーさんが満足そうに一言。

「うまく士気を上げたな」

「ありがとうございます。武器の効果の確認《かくにん》もできましたし、前線があっけなく瓦解《がかい》することはないと思います。街に入るまでは、レイスが道の中を通り抜《ぬ》けて横から襲《おそ》ってくることはないんですよね？」

「ああ、レイスは人工的に作られた壁《かべ》は通過できるが、自然にできた地形、岩壁や地面を通り抜けることはできない。実体のないレイスは実体のあるアンデッドよりも周囲の魔力の影響《えいきょう》を受けやすく、体を構成している魔力が自然に満ちる魔力に押しつぶされてしまうのだとか。レイスがゾンビやスケルトンよりも、日中に出てこない理由でもあるそうだ。

今回は瘴気の多い場所の間近で、あれほどの爆音を立てたから出てきているが……逆に言えば、それほどのことをしなければ、レイスが日中の屋外に出てくることはない。屋外に誘《さそ》い出してから再び屋内に戻《もど》れないようにしたところ、日光の下に放置して数時間後に自然消滅《しょうめつ》したという話もあるくらいだからな。奴《やつ》らはそのくらい、魔力に弱いのだ」

「それほどですか」

だったら、虫眼鏡とかで日光を集めて当てても倒せたりしないだろうか？　レミリーさんが昨日使っていたレーザーの魔法も、魔法で生み出した強力な光を集束しているらしいし、前世には燃料を使わず太陽光の熱で料理をする調理器具とか、光を集めて肉を焼いてみた！　みたいな動画を見た記憶《きおく》がある。

……それと同じ要領でやれば、魔法を使わずにアンデッドを倒すことも可能なのではないか？　少なくともゾンビの表面を焦《こ》がすくらいはできそうな気がする。

「あら？　ちょっとリョウマちゃん、あれ見てちょうだい」

ここでレミリーさんが杖《つえ》で示した方を見ると、陸上から近づいてきていたアンデッドの移動が滞《とどこお》っている。よく見るとゾンビやスケルトンの中に、不自然に転んでいる個体がいるようで、彼らの転倒《てんとう》が周囲を巻き込《こ》み、渋滞《じゅうたい》やドミノ倒《だお》しを起こしているらしい。

原因となったアンデッドはあっという間に、後続に踏《ふ》みつぶされて見えなくなってしまったので、ハッキリとその原因は見えなかったが……

「もしかして、さっき撃《う》った弾を踏んで転んでいますか？」

「そうみたいね。レイスを打ち抜いてもまだ魔力が残っていたのでしょう。作戦に支障はなさそう、むしろ利益になるから別にいいけど、あの弾って1つにどれだけ魔力を込めたの？」

「魔力は、分かりません」

弾の生産工程は三段階、まず俺がその辺の岩壁から土魔法で、ある程度の大きさの石を採取する。次にストーンスライムが石を食べて、体の一部を切り離すことで大きさと形を一定に整える。最後にそれをライトスライムが一度体に取り込んで、光属性の魔力をコーティングするという流れ作業だ。

「だから弾に魔力を纏わせたのは僕《ぼく》ではなくて、ライトスライムなんです。ただ、最初に一度見本を作ったのは僕ですし、ライトスライムも同じように作っていたので、ライトシヨットで炸裂《さくれつ》する弾1発分。数値だと10くらいだと思いますが」

「使われている魔力量が同じなら、術者の技量の差ね。同じ魔法でも不慣れな人と熟練者では、効果に差が出るのは当然。コーティングもそうなんだけど……スライムってそんなに魔法の使い方が上手なのかしら？」

「魔法というか、魔力の扱《あつか》いが上手《うま》いと思います。僕の主観ですが、魔法を使う時に無駄《むだ》がないので」

「それは興味深いわね。落ち着いたらちょっと観察させてほしいわ。あ、あとあの弾ってそんな作り方していたの？　ほら、スライムの体って消えちゃうじゃない」

「それは普通《ふつう》のスライムの場合ですね。確かにスライムの体は死ぬと消滅しますが、上位種になると体液を吐《は》いたり、生成物を出したりすることは珍《めずら》しくありません。僕はスライムの体は魔力で構成されているから、死ぬと消滅、つまり魔力が霧散《むさん》するように消えると考えていますが……例えば水魔法《みずまほう》なら魔力を使って水という物質を生み出すことが可能ですよね？　それと同じように、上位種に進化する過程で体の魔力が変化して、物質的な側面が強くなっているのではないか？　と考えています」

「スライムは専門外だけど、魔力と魔法の関係で考えれば、ありえないとも言いきれないわね……ストーンスライムは石の体を切り離して、自然の石を食べることでその分の魔力を補充《ほじゆう》して回復している、って感じで考えればいいかしら」

「はい。多少ならともかく、食事をさせずに体を切り離し続けるのはスライムも嫌《いや》がりますし、無理をさせると弱ってしまうことまでは確認しました」

スライムの体内でどんなことが起きているのか、それはまだ分からない。だから厳密にいえば間違《まちが》っているかもしれないが、考え方の方向性としては正しいと思う。

「同じ要領でアイアンスライムに鉄鉱石を食べさせて、鉄を採取することにも成功しています」

「リョウマ様、それは製鉄に利用できるのでは？」

セバスさんが驚《おどろ》いたように、そっと聞いてきたけれど、現時点では難点が多い。

「可能か不可能かで言えば、可能です。ただ、実用的ではないと思います」

「それは、何故《なぜ》でしょうか？」

「石の成形の話では省きましたが、この方法だとスライムの餌《えさ》として与《あた》えた原料に対して、得られる物の量が少なくなるので、効率が悪いのです。

具体的にどのくらいの量が消費されるのかは、まだ研究不足で明確に答えられませんが、数回の実験では与えた鉄鉱石に含《ふく》まれる鉄の量に対して、回収できた鉄の総量は最低でも3割減。多い時には5割が食事として持っていかれました」

その辺にあって価値のない石ならともかく、製鉄をして商業化するとなると、その影響は大きいだろう。

「スライムの負担と継続《けいぞく》することを考慮《こうりょ》しなければ、もっと回収量は増やせるでしょうし、今後、研究を進めることで消費を抑《おさ》える与え方が見つかれば、また話は変わるかもしれません。

ですが、鉄と一言で言っても、含まれている成分で硬《かた》さや粘《ねば》り方も変わってきますし、この方法で得られた鉄が加工や製造、どんな使い方に向いているかなど、量の他にも色々と不明な点が多いので要研究。実用には程遠《ほどとお》いでしょう」

「納得《なっとく》いたしました」

それに個人的には、スライムの消費分を抑えなくてもいい気がしている。鉄ではなくて酒造の話になるが、蒸留酒の製造工程において、熟成中に水分やアルコールが蒸発したことによって製造量が減ることを〝天使の取り分〟と呼ぶ、という話を聞いたことがある。

それで言うなら、この方法で製鉄を行った場合に減った分は〝スライムの取り分〟と言える。商売のために、利益を最大化することだけを考えたらロス《無駄》かもしれないけれど、個人的にはスライムへの報酬《ほうしゅう》だと思って許容するくらいの気持ちでいたい。

既存《きそん》の製鉄技術もあるし、その気持ちを抑えて利益を追求するほどの熱意も湧《わ》かないので、スライムの研究という意味で興味はあるけど、優先順位はかなり低い。というか正直、スライムについては研究したいことが多くなりすぎて、そこまで手がまわらない。

ゴブリンを飼い始めたことで、作業に使える〝手〟は増えたけど、指示を出すのが俺1人ではできることに限界がある……っと、

「来るぞ！　盾！」

ようやく、アンデッドの群れが間近に迫った。彼らは次々と、グレイブスライムに飲《の》み込まれているが、順番待ちなんて言葉は頭にない。他のアンデッドと押し合い、へし合い

しながら、我先にとグレイブスライムに飛び込んでいく。

その過程で、群れから押し出された個体がこちらに来たところを、

「ゴアァッ‼」

「ギギッ！」

最前列のホブゴブリンが、タワーシールドを構えて受け止め、押し返す。その様子はバーゲンセールに群がるおばちゃん……いや、通勤ラッシュ時に乗客を電車に押し込む駅員さんのようだ。槍によって適度に処理もされているので、そんなことを考えられるくらい状況は安定している。

上位種が交ざっている可能性もあるので油断は禁物だけど、これなら気長に待つだけでよさそうだ。

「わしらの出番はあるかのぅ？　想定していたよりも、ゴブリンの武器が強力なんじゃが」

「魔力量の多いリョウマ様が後方支援に専念されますと、アンデッドに限らず、敵からすれば厄介《やっかい》でしょうな」

「そうねぇ……リョウマちゃんは基本的に自分が直接戦うタイプだと思うけど、いい経験になるのは間違いないわね。状況に合わせて柔軟《じゅうなん》な対応をするためには、こういった戦い方も経験しておいて損はないわ」

「他の冒険者《ぼうけんしゃ》と協力して仕事をすることもあるだろうからな。しかし、ゴブリン達の錬度が少々惜《お》しい。現状でも悪くはないのだから、鍛《きた》えれば部隊としてさらに複雑な動きもできるだろう。特にあのような盾はもっと、腕ではなく体で押さねば」

場慣れしている大人組は、切り替《か》えが早くて既に観戦モード。俺達はそんな大人組に見守られながら、絶えず押し寄せるアンデッドの相手を昼まで続ける。

8章19話　拠点確保と昼休憩

正午

地形と爆音を利用して集めたアンデッドの対処は、それなりに時間がかかったものの、無事成功。俺達は計画通りに、亡霊の街へと踏み込んだ。

朝からの作戦で門付近のアンデッドを一掃した亡霊の街は、静かで陰鬱《いんうつ》な空気が漂う、まさに〝ゴーストタウン〟。ただし、これはおそらく一時的なもので、夜になれば街の奥からまだまだアンデッドは湧いてくるはず。ここから作戦は第二段階、〝拠点の確保〟に移行する。

街の構造は塔を中心とした、何重もの円形。長方形の簡素な収容施設《しせつ》が、すり鉢《ばち》状の土地の一段ごとに並べて建てられているけれど、後付けの建て増しや修復が行われたのだろうか？　歪《いびつ》な部分が所々にあるので、虫食いのあるバウムクーヘンのように見えなくもない。

そんな街の各所を繋《つな》ぐのは、建物と同じく円を描《えが》く細い道と、門から塔まで続く長い中央階段。円を描く収容所は、収容者の逃走《とうそう》を阻《はば》む壁の役割もあったようで、段差の高さと合わせると乗り越えることは困難。少なくともゾンビやスケルトンには無理だろう。

そこでまずは中央階段に続く道を、朝からの作戦で増えたグレイブスライムで封鎖《ふうさ》。階段から最寄《もよ》りの建物の内部を確認し、敵がいなければホーリースペースで確保。残っていた場合は排除《はいじょ》して建物を確保する。

幸いなことに収容施設は構造がシンプルだったため、封鎖も確認作業も順調に進み、5棟《とう》ほど確保できたところで、仕事を任せていたゴブリンから連絡《れんらく》が入った。

「皆《みな》さん、もう少しで実験の準備が整うみたいです」

「なら、今日はこの建物で最後にするとしようか。ちょうど昼にもいい時間じゃろう」

「左右3つの6棟目だからキリもいいな。早めに片付けてしまおう」

「いつでもいいわよ」

「ではいきます、『フラッシュグレネード』」

小窓があったのであろう小さな穴に、野球ボールくらいの光の玉を投げ込んで建物の陰《かげ》に避難《ひなん》。そして魔力感知に集中した、次の瞬間《しゅんかん》、

「ギャ！」

「ヒィ!!」

建物から短い悲鳴のような音が聞こえたとほぼ同時に、建物から強い光があふれた。建物内部に隠《かく》れたアンデッドを一掃するために閃光弾《せんこうだん》のイメージで作った魔法だが、逃《に》げ足の速かった数匹《すうひき》のレイスが壁を抜けて難を逃《のが》れている。

「『ライトボール』」

それを見越《みこ》して、待ち構えていたレミリーさんが的確に打ち落とす。次にシーバーさんとラインバッハ様が建物に入り、中にアンデッドが残っていないことを確認。最後に再び占拠《せんきょ》されないよう、ホーリースペースを使って作業終了《しゅうりょう》。

「お疲れ様でした」

「リョウマちゃんもお疲れ様」

「昼を食べたら、実験はほどほどにな。作戦の本番は日が暮れてからだ、夜に備えて仮眠《かみん》も取っておいた方がいい」

今日も朝から数え切れないアンデッドを倒《たお》したけれど、それは夜の準備にすぎない。本番はアンデッドの活動が活発になる夜間。昨日できたばかりの魔法を亡霊の街の中で使い、一気に成仏《じょうぶつ》させるという若干強引《じゃっかんごういん》な作戦だ。

常に一定の安全を確保した上で行い、危ない場合は昨日の拠点まで撤退《てったい》するけれど、夜遅《おそ》くなることは間違いない。シーバーさんのおっしゃる通り、仮眠の時間も取っておいた方がいいだろう。

そんなことを考えながら、街の入り口から一番近い建物に戻る。そこではセバスさんがテーブルと椅子《いす》を用意して、食器を並べているところだった。一応は建物内なので、ちゃんとした食事ができるように準備をしてくれているのだろう。

「おかえりなさいませ。昼食の準備をしておりますので、もう少々お待ちください」

「セバスさん、お疲れ様です。こちらの作業はどうでしたか？」

「ゴブリン達がよく働いていましたよ。慣れているようでしたし、実験に支障はないと思います。何を話しているかまでは分かりませんが、戦っている時より楽しそうで、熱心に畑作りをしていたように思います」

「うちのゴブリンは一部を除いて、そんなのばっかりですからね」

数が増えてもうちのゴブリンは変わらず、飲み食いと娯楽《ごらく》に全力を尽《つ》くしている。不満があるわけではないし、あまり反抗的《はんこうてき》で危険な場合は従魔術師《じゅうまじゅつし》として処分せざるをえなくなるので、それはそれでいいんだけど……謎《なぞ》だ。

まぁ、それは置いておいて、セバスさんがお昼を用意してくれているようなら、それまでに実験を済ませてしまおう。

「すぐ終わりますし、いってきます」

この辺一帯の建物は全て、前後に入り口が1つずつ。合計2箇所《かしょ》の出入り口を繋ぐ廊下《ろうか》が建物の中央を通っていて、左右が囚人《しゅうじん》の牢屋《ろうや》になっていたようだ。

そして、牢屋には壁や仕切りが一切《いっさい》ない。どうやら太い鉄の棒を並べて差し込むことで間仕切りにしていたらしいが、それも刑務所と処刑場《しょけいじょう》の閉鎖《へいさ》に伴《ともな》って回収されたらしく、建物内部は牢屋があった跡《あと》だけが残された〝大部屋〟になっている。

そうなると……畑が作れる。スライムの力を使えば、簡単に。

「ギギッ！」

「ゴブブッ！」

俺が畑に近づくと、作業をしていたゴブリン達が状況を報告してくれた。彼らの言葉は分からないが、意思が伝わってくる。それによると、俺が頼《たの》んだ作業は全て終わったとのこと。

中央の道から見て左側には、俺が土魔法で作った大きめのプランターが並び、ソイルスライムに芋が植えられている。右側には建物の床《ゆか》を土魔法で砕《くだ》き、無理やり作った土地に手作業で肥料を混ぜて、こちらにも同じ芋が植えてある。

「OK、一度やってみよう。追加で水撒《みずま》きの用意をお願い」

「「ゴブッ！」」

まずは左から、木属性の魔法で作物の成長を促進《そくしん》させた。こちらは特に問題なく、順調に成長する。出てきた芽や葉っぱ、育ちきった芋にも異常は見られない。

一方で、右側の畑はほとんど成長しなかった。成長促進の効果は出ているようで、少しは芽や葉が出てくるけれど、食用可能になるまでに枯《か》れてしまう。魔力を多く使って無理やり大きくすることはできたが、茎《くき》や根はか細くて葉の色も悪い。さらに、できた芋はとても小さくて、萎《しな》びている。とても食用にしようとは思えないものだった。

試《ため》しに鑑定《かんてい》してみると……

〝瘴気に蝕《むしば》まれた芋〟

長期間瘴気に侵《おか》された土地を利用し、木魔法で強引《ごういん》に成長させた芋。

成長過程で土壌《どじょう》の瘴気に蝕まれ、成長が阻害《そがい》されている。

瘴気が蓄積《ちくせき》しているため、食べると体調不良を引き起こし、最悪の場合は死に至る。

食用不可。

「なるほど、これはダメだな」

「ギィ……」

この芋は後で処分するとして、育った方の芋は……こちらは問題なく、食用も可能。この結果から、2つの芋に差が出た原因はやはり〝土壌の違い〟だと思われる。空気中の瘴

気はホーリースペースで祓《はら》われているし、水もセバスさんが魔法で出してくれたものなので、いわばクリーンルームでの栽培《さいばい》。その中で異なっている条件は、土壌しかない。

「とりあえずこの芋は後で処分するとして、作業ありがとう。後はこっちでやるから、皆と交代でお昼を食べて」

「ゴゴッ！」

「ゴブッブ！」

欲望に忠実なゴブリン達が走り去る背中を見送り、皆さんのところに戻ろうとしたところで、視線が集まっていたことに気づく。

「成功したようじゃな」

「まだ一度だけですが、環境《かんきょう》を整備すればここのような土地でも、スライム農法による食料生産は可能みたいですね。食後も実験ついでに今夜使う食料も作って観察を続けますが、時間経過で瘴気が土に侵食《しんしょく》してくる可能性はあるかもしれません。

尤もそれはプランターに光属性の魔力をコーティングすることで対応できそうですし……おそらく僕以外の、普通の人でも再現可能だと思います。労力をかけるだけの利益が出るかは分かりませんが、後日ラインハルトさんにも報告して、検証をお願いしましょう」

「瘴気が原因で従来の農業ができず、潰《つぶ》れた村は多々ある。これが訓練次第《しだい》で再現可能な技術になれば、救われる人や村も増えるじゃろう。グレイブスライムや例の魔法と組み合わせれば、アンデッドの討伐の危険も減る。将来が楽しみじゃな」

「あの魔法の難点を挙げるとすれば〝食料を焼く必要がある〟という点でしたからね。現地で生産できれば、それだけ購入《こうにゅう》と運搬《うんぱん》にかかる手間と出費を削減《さくげん》できますし、効率も上がることは間違いないでしょう」

先代領主のラインバッハ様と補佐をしていたセバスさんは特に思うところがあるようで、本当に嬉《うれ》しそうにしていた。

「しかし、そうなると……リョウマ君、何か欲《ほ》しい物はないかのぅ？」

「ラインバッハ様、報酬の話は気が早いのでは」

「グレイブスライムの情報提供だけでも、技師として報酬が出ることは確実じゃよ。うまく使えば有効なアンデッド対策になるスライムじゃからな」

そう言われても、いまのところ特に欲しい物はない……というか、既に色々と貰《もら》い過ぎなくらい貰っている。

たとえばお金は昨年末の件で、俺がばら撒《ま》いた分の補填《ほてん》金と謝礼が分割《ぶんかつ》で入ってくる約束になっているし、技師の地位に伴って収入の一部免税《めんぜい》特権まで貰っている。収入も雪だるま式に増えていて、小市民の俺には恐《おそ》ろしいほどだ。

何か他に……そうだ！

「新しい実験場はどうでしょうか。グレイブスライムのことを調査するにも、ここのような土地を自由に使えれば便利ですし、帰ってからの餌をどうしようかと思っていたので」

「午前中だけで1000匹《びき》を超《こ》えたものね。見ていてびっくりしたわ」

スライムの増殖《ぞうしょく》に慣れている俺としては、そこまで増えるだけのアンデッドを食べて、まだ全体のほんの一部ということの方が驚きだけど。とにかく、それだけの数を養うには、それだけの餌が必要になる。

スライムの性質上、好みの餌がなくても死ぬことはない。あるものを食べて、また別の種類に進化する。それはそれで歓迎《かんげい》だけれど、一種類を長期間観察する場合には不都合もあるので、自由にアンデッドを確保できる場所があればありがたい。

「普通の動物の肉でもよければ、心配ないのですが」

「アンデッドでなければいけない場合は、ということじゃな。ジャミール公爵《こうしゃく》領内にも瘴気に侵された土地は何箇所《なんかしょ》かあるので、実験場を用意することに問題はない。領主にとっても扱いに困るものなので、持って行ってくれればむしろ助かるじゃろう。

しかし、報酬としては不適切じゃな……リョウマ君はよくても、それを見聞きした他の者に示しがつかん」

「普通の人からしたら、厄介な土地を押し付けられたように見えるものね」

「難しく考えず、金銭で受け取ってしまったらどうだ？　あって困るものでもないだろう」

「それが、今は〝もっと使え〟と言われていまして」

公爵家から大金を受け取る事になり、成り行きだけど事業も大きくなった。そして何より技師という立場についたことで、今は洗濯屋《せんたくや》も純粋《じゅんすい》な民間企業《きぎょう》ではなく、半官半民企業と言っていい状態。

俺個人にも研究費として公爵家の支援金《しえんきん》、つまりは税金として徴収《ちょうしゅう》されたお金が入ってくるので、お金の流れはこれまで以上に明確にしておかなければ、変な疑いをかけられる原因になりかねない。

「というわけで、公爵家に仕えていた徴税官《ちょうぜいかん》と法務官の方を数人、こちらで雇《やと》わせていただいたのです」

前世ではいつの時代も、政府の補助金の不正受給問題が尽きることはなく、ニュースやネットは大バッシングの嵐《あらし》になっていた。昔はモニター越《ご》しにそれを見るだけで縁《えん》のない話だったけど、今はそれを自分が受ける可能性のある側。

一般的《いっぱんてき》な経営者は毎年商業ギルドの審査《しんさ》を受ければ十分だと聞いているし、俺もそれで問題はないと言われたけれど、念には念を入れたかった。だから、わざわざ報酬の一部として公爵家から専門家を紹介《しょうかい》してもらったのだ。

「それで、その元徴税官の人にお金を使えと言われたと」

「スライム農法で野菜や穀物は生産できますし、最近は農作物からお酒や加工食品も作り始めて、食事は完全に自給自足。生活に必要なものも大体は自作できますから、お店の経営以外にはほとんどお金を使わないんですよね……」

去年の分は事業の経費と免税特権で問題なく対応できるけれど、今年からはもう少し意識的に使えと言われてしまった。個人的には、徴収された税金は公爵家に入って公爵家の利益、もしくは公爵領の運営に使われるので、それならそれでいいと思っていたのだけれど、

「ラインハルトさんに読まれていたようで、公爵家から送り出される前に〝必要以上の税金を払《はら》おうとしたら絶対に阻止《そし》して、お金は自分で使わせるように、くれぐれも頼む〟と言われたと、元徴税官のシュトイアーさんが教えてくれました。ついでに教会への寄付もやりすぎはよくないので、制限がつきました」

元徴税官の方だから当然かもしれないけど、彼はとても職務に忠実な方で、俺の浅知恵《あさぢえ》は完全に潰された。徴税官は定められた通りの金額を徴税することが仕事であり、過大な額を徴収する仕事ではないと。そして今は公爵家ではなく俺と店に雇われている身。であ

れば店の利益を最大化できるよう、適切な節税を行うことが自分の仕事だ、とのこと。

これは〝推《お》しに貢《みつ》ぐ〟という感覚に近いのだろうか？　前世はそこまで生活に余裕《よゆう》がなかったからできなかったけど、潤沢《じゅんたく》にお金があれば払うことに躊躇《ちゅうちょ》も後悔《こうかい》もしないと、本当に思う。しかし、それをどれだけ熱心に説明しても、ただただ彼を呆《あき》れさせるばかり。

「最後に〝払うべき税金から逃れようとする経営者、公爵家へ賄賂《わいろ》を送りたがる経営者は数多く見てきたが、そういった意図なく純粋に多く払おうとする経営者は初めて見たかもしれない〟と言われました」

「それはそうでしょうよ」

「贅沢《ぜいたく》な自覚はありますが、大金を持った経験が乏《とぼ》しいので、本当にどう使えばいいのか分からなくて。だから結局、儲《もう》けたお金でまた新事業を興《おこ》すという、昨年末と同じことを繰《く》り返す一方です」

「……お金の使い方が分からないと言っているわりに、しっかり資産運用しているのではないか？」

「新しく事業を興す、将来のためにお金を使う、それは投資という正しいお金の使い方の1つじゃよ」

「優秀《ゆうしゅう》な経営者の方々からのアドバイスと、部下の協力を得てなんとか形になっている状態です」
支えてくれる人が沢山《たくさん》いて、今がある。
前世では考えられなかった数々の事業を思えば、それが身に沁《し》みる。
彼《かれ》らがいなかったら、あとは貯金くらいしかお金の使い方が分からない。
「お待たせいたしました」
おっと、話している間に昼食の準備が整っていた。
まだまだ作戦は続くのだから、ありがたくいただいて英気を養おう。

8章20話 夜の街

夕方

まだ外は明るいけれど、空の端《はし》が徐々《じょじょ》に薄暗《うすぐら》い色になり始めている。街の奥《おく》を見れば、気の早いアンデッドが表に出てくる姿も見えるので、そろそろいい頃合《ころあい》だろう。諸々《もろもろ》の準備は昼食後に済ませてあるし、魔法薬《まほうやく》と仮眠で魔力《まりょく》・体力ともに万全《ばんぜん》。

「打ち合わせ通り、守りはスライムと我々に任せてくれ」

「リョウマちゃんは例の魔法に専念してくれればいいから、気楽にね」

シーバーさんとレミリーさんの頼もしい言葉を受けて、作戦開始だ。

亡霊《ぼうれい》の街の中に作った拠点を空から見ると、中央階段と収容施設前の道が〝王〟の字を描いている。これがゾンビやスケルトンがやってくるであろう経路。まずはこの前後左右の合計8箇所を、朝から増やしたグレイブスライムで封鎖。

今のグレイブスライムは総勢1745匹。合体してビッグになってもらうと17匹だ。配置は均等に2匹ずつ配置し、残りの1匹は交代要員として俺《おれ》の傍《そば》で待機、必要に応じて守りに加える。

なお、今夜の守りはグレイブスライムとホーリースペースのみ。作戦の失敗や不測の事態が起きた場合は、すぐに昨夜の拠点まで撤退する計画のため、少数で身軽な方が逃げやすいという判断でゴブリン達《たち》はお休み。

……本当に、アンデッドに対してはグレイブスライムが頼《たよ》りになりすぎる。魔法の実験や供養《くよう》の目的がなく、ただアンデッドを掃討《そうとう》するだけなら、グレイブスライムを繁殖《はんしょく》させて放っておけばいいのではないだろうか？

「あとはこれを」

拠点の中央、階段のど真ん中に設置した石造りの台座……というほど立派でもないけれど、大きなテーブルに用意しておいた料理を並べる。アンデッドへの供え物を置く、お盆《ぼん》でいうところの精霊棚《しょうりょうだな》（盆棚《ぼんだな》）の代わりだ。

供える料理は昨夜も使ったジャガイモと干し肉に加えて、それらを塩コショウで炒《いた》めてジャーマンポテト風にしたもの。ハムと野菜の簡単なサンドイッチ、レトルトのスープ、サラダ。飲み物は水とゴブリン謹製《きんせい》の白酒。少しだけど甘味《かんみ》や果実も用意した。

飢《う》えているなら、食べられるものなら何でもいいのかもしれない。しかし、ちゃんとした料理をお供えした方が、彼らの満足に繋がるかもしれない。

この魔法に関しては、俺の認識《にんしき》や前世の宗教儀式《ぎしき》の概念《がいねん》が魔法の中核《ちゅうかく》になっているので、元宮廷魔導士《きゅうていまどうし》のレミリーさんでもアドバイスは不可能。実際に試して、反応を見ながら考え、改善を繰り返すしかない。要素ごとに構築して組み合わせる〝アジャイル型開発〟の要領で進めていこうと思う。

「始めます」

精霊棚の手前で、昨夜のように火を焚《た》く。使う器《うつわ》は即席《そくせき》の適当なものではなく、相撲取《すもうと》りが優勝したときに使う〝大盃《たいはい》〟を模したものに替えた。それが横一列に、合計5つ。棚の上の料理はレストランの食品サンプルで、儀式は調理と考えよう。イメージをできるだけ具体化しながら、何よりもアンデッドの空腹が和《やわ》らぐように、少しでも満足して眠《ねむ》れるように、祈《いの》りと魔力を込めながら食材を火にくべる。

まずは昨日と同じ、芋《いも》と干し肉からだ。

「早くも来たようだぞ」

「了解《りょうかい》、急ぎますね」

煙《けむり》が立ち始めている器を横目に、今日はここでもう一工夫《ひとくふう》。先ほど精霊棚を出した時、一緒《いっしょ》に出しておいた数本の竹筒《たけづつ》を煙に近づけて、中にいる〝スモークスライム〟に呼びかける。

「煙を運んでくれるかな」

竹筒に開いていた穴から煙が立ち上る。スモークスライムはその名の通り〝煙〟、空気中に漂《ただよ》う微粒子《びりゅうし》で体が構成されたスライム。この特性は戦闘《せんとう》なら、自由自在に操《あやつ》れる煙幕《えんまく》として利用できる。

今回はそれを応用して、食料を焼いた煙をスモークスライムの煙に乗せて拠点の外側、より遠くにいるアンデッドまで煙と香り、そして魔法を届けてもらう。先ほどの供え物が食品サンプルなら、スモークスライムは料理店のウエイターというところだろう。

注意点としては、スモークスライムも煙である以上、あまり強い風だと吹《ふ》き散らされてしまうこと。吹き散らされても死ぬわけではなく、後で回収も可能だけれど、あまり無理はさせないように気をつけないといけない。

もし風が強くて影響がでそうなら、作戦は確保していた建物を使って行うつもりだったけれど、幸い今夜の風はとても穏《おだ》やかだった。空を見上げれば雲ひとつなく、増していく火の勢いと天に昇《のぼ》る煙がとても美しく、なんとなく神秘的に見えてくる。

「さあ、どんどんお願い」

器の煙と混ざり合ったスモークスライムが行動を開始。立ち上る煙が枝分かれをして、封鎖している8本の道に沿って流れた。煙はふわりとグレイブスライムの上を通り抜け、さらにその先からやってくるアンデッドを包んでいく。

「ぅあ⁉」

「アア……」

「慌《あわ》てなくても大丈夫《だいじょうぶ》、食料はまだ沢山あります」

お供えしたものは仏様の世界で、供えた量の100倍になるという話も聞いたことがある。だからお供え物を沢山する必要はなく、気持ち程度でもお供えすること、続けることが大切なのだとか。

それを意識すると、迫《せま》りくるアンデッド達の勢いが落ちる。直前までは、精霊棚めがけて迫ってくる動きに、どこか焦《あせ》りのような〝必死さ〟があったのだけれど、それが落ち着いた。中には煙を浴びて、そのまま立ち止まる個体もいるようだ。

……まだ芋と肉だけだけど、昨夜より効果が高い。しかも、こちらの意思がスムーズに伝わっている気がする。

「手順を定めると、こんなに違《ちが》いが出るんですね」

「2回目だからということもあるわよ。魔法は精神で操るものだから、精神面も大いに影《えい》響《きょう》するし、〝自分にはこういうことができるんだ〟っていう成功体験があれば自信に繋がるでしょう？　だから、どんな魔法でも繰り返し使っていけば、少しずつでも効果は上がるわ。効率的に効果を上げるなら、魔法への理解とそのための勉強は必要不可欠だけどね。さ、この調子でどんどんやっちゃいなさい」

「了解」

棚を置いたテーブルの横で、いざという時に備えるレミリーさんとの会話を終えて、再度魔法に集中。芋と干し肉をくべていた器に、香りづけとして少量の黒コショウを加える。細かく砕かれたコショウはあっという間に火に飲まれ、その香りが一瞬《いっしゅん》強く鼻孔《びこう》をくすぐる。

そして、これにはアンデッドも反応を見せた。立ち止まる個体が増える一方で、全体的にソワソワした様子。でも戦闘中のような刺々《とげとげ》しさは感じないので、喜んでいるんだと思う。遠くから近づいてきているアンデッドの数も増えているし、芋と肉だけだった先ほどまでと比べて、明らかに食いつきがいい。

ならば、と続けて新しい鍋《なべ》に、サンドイッチの材料である小麦、ハム、野菜をくべる。すると、これもまたアンデッドに喜んでもらえたらしい。スモークスライムが運ぶ煙を全身で受け止めて、その場で足を止めるゾンビやスケルトンが多数。レイスも煙の中にはいるが、激しく動き回ることはなく、ゆったりと漂っている感じだ。

「リョウマ様、奥から更《さら》にアンデッドが。空中のレイスは問題なさそうですが、地上はじきに混雑するでしょう」

「了解」

スモークスライムに指示を出して、中央階段沿いにある拠点外の建物にも煙を送《おく》り込《こ》んでもらう。焼け石に水かもしれないが、そちらに少しでもアンデッドが向かってくれれば、多少なりとも渋滞《じゅうたい》は緩和《かんわ》できると思う。そのうち満足して成仏する個体が出てきて、まだ飢えているアンデッドと入れ替わってくれればいい。

さて、次はスープの材料。残念ながら火を焚く都合上、水は加えられないので、材料となる野菜だけだけれど……前世には無加水カレーとかもあったし、そこは野菜に含まれる水分でご理解を願う。

さらに、新しい器で果物と甘味を焚く。果物はセバスさん達が野営用の食料として持っていたドライフルーツを提供してくれた。火にくべると熱せられた皮から柑橘系《かんきつけい》の爽《さわ》やかな香りや、濃厚《のうこう》な甘《あま》い香りが一気に解き放たれる。

「オォ」

「アー……」

フルーツは概《おおむ》ね好評のようだ。先ほどコショウを加えた時にも思ったけれど、香りが強い物の方が反応は大きい。また、よく見ると個体によって反応にも差異がある。これは俺が香食の概念を元に魔法を作ったからか、それとも個人、というか故人？の嗜好《しこう》の影響なのか……彼らの生前のことは知らないので、そのあたりの検証は難しそうだ。

気持ちを切り替えて、最後の器で焚くのはお酒。これもスープと同じで燃やせない。錬《れん》金術《きんじゅつ》でアルコールのみを抽出《ちゅうしゅつ》すれば燃えはするけど、それ以外の風味も抜《ぬ》けてしまう。そこで、今回はお酒の代わりに製造工程で出た〝酒粕《さけかす》〟を――

『ウォオオオオオオ!!!!』

「っ!?」

火で熱せられた酒粕から、残っていたアルコールの香りが広がった瞬間、アンデッド達が一斉《いっせい》に声を上げげた。これまでも少しうめく程度はあったけれど、今回は言葉にならない叫《さけ》びと言うべきもの。あまりに急激な変化だったので、俺も皆さんも身構えてしまったけれど、

「ふむ。どうやら歓喜《かんき》の叫びだったようじゃな」

「少し警戒《けいかい》はしたが、あの様子を見る限り我々は眼中にないのだろう」

激しく動く個体もいたけれど、暴れているというよりは、煙と香りをかき集めようとしているような動きに見える。それに酒粕の香りが広がってから、成仏するアンデッドが目に見えて増えた。

〝清めの酒〟という言葉があるように、古くからお酒は神事に用いられている。神様にお供えしたお酒には霊力《れいりょく》が宿る、邪気《じゃき》を払うといった言い伝えも多い。そういった意味でも効果が期待できると思ってはいたけれど、予想以上に喜ばれている。

「お酒はまだこれからが本番だったのですが」

「今の段階でも十分そうですな……そのお酒は、何か特別なものでしょうか？」

「特にそういうことはないはずです。この白酒というお酒は、以前ファットマ領を訪ねた時に現地の方から作り方を教わったものですから。より良い味になるよう工夫《くふう》は重ねていますが、魔法のために特別な何かをしたつもりはないです」

もし、このお酒に特別なところがあるとすれば……俺の魔法の元となる〝概念〟との相《あい》性《しょう》かもしれない。

ファットマ領の白酒は、原料として水辺に多く生えるコツブヤリクサの種子を水にさらし、ファットマ領に自生する特定の草を加え、冷暗所で放置して発酵《はっこう》させて作る。昔は各家庭で作られていた歴史があるくらい単純にできてしまうお酒だけれど、味を良くする為《ため》にはさらにいくつかのポイントがある。

まず、原料のコツブヤリクサには独特の雑味があるので、一度細かくすりつぶしてから水にさらし、種子内のでんぷん質を取り出して使うこと。

次に、発酵を促《うなが》すための草をそのまま加えてしまうと、草の臭《くさ》みが残るので、下ごしらえとして茎の部分だけ、外皮を剥《む》いて芯《しん》の部分を使うこと。

それでも完全には草の臭《にお》いは取り切れないので、2回目からは草の代わりにできた酒の一部を加えることで、発酵を促すこと。

この3点を守って白酒を作ることで、草の臭いは回数を重ねるごとに薄《うす》まり、純粋な酒の香りと甘酒《あまざけ》のような穀物の甘みを感じられる、自家製ではなく売り物として売られていた白酒に近いものを作れるようになってきたのだけれど……実はこの製法は〝日本酒〟の製造工程に近いと、俺は考えている。

日本酒は原料として白米や芋など、醸造《じょうぞう》のためにはコウジカビを原料の一部に付着させて育てた〝麹《こうじ》〟を作り、水や原料と混ぜて酵母《こうぼ》を培養《ばいよう》した〝酒母〟を作り、さらに原料を加えて発酵を進めたものを醪《もろみ》と呼ぶ。そして醪はそのままなら〝どぶろく〟、袋《ふくろ》に入れて搾《しぼ》ったものは〝濁《にご》り酒《ざけ》〟と呼ばれるお酒になる。これらはファットマ領の白酒に似ていないだろうか？

味の改善方法にしても、日本酒に使うお米は糠《ぬか》など雑味の多い外側を削《けず》り、でんぷん質の多い中心部分を取り出す〝磨《みが》き〟という工程があるし、コウジカビも蔵《くら》に昔からの良いものが受け継《つ》がれていたり、研究開発されて培養されたものを使ったりする。

素人《しろうと》のざっくりとした知識と認識からの考えなので、プロからすればもっと詳《くわ》しく言いたいこともあるだろう。実際、温度管理などはまだ甘く、試作品の品質も安定しない。でも日本酒の製法を参考にすることで、味の改良に一応成功しているのは事実。

お神酒《みき》やお屠蘇《とそ》といった、神事にも使われる日本酒。それに近いお酒という認識。それが魔法の効果を高めた可能性は考えられる。

……アッシュスライムの灰を使った〝灰持酒《あくもちざけ》〟とか、フィルタースライムで濾《こ》した〝清酒〟だとどうなるのだろうか？　また、できたお酒を神々にお供えしたものだと何か効果が出るのか……一度神々に聞いてみようか。できた中で一番良質なお酒を持っていけば、相談に乗ってくれるかもしれない。

……それにしても、

「燃やすものでここまで反応に変化があるなら、次回は食料にもう少しこだわりたいですね。もっと燃やしやすくて、香りがよく出て、持ち運びも簡単な保存食のようにできれば、こうして使うのも楽ですし、事前にある程度準備しておけそうです」

頭に浮《う》かぶのは〝お線香《せんこう》〟。作り方や形態は国や地域によっても色々あるけれど、世界各地で広く使われて、一般人《いっぱんじん》の生活や文化の中にも浸透《しんとう》していた。あまり意識したことはなかったけれど、便利な発明だったんだな……と今は思う。

時折思考を挟《はさ》みながらも、火を焚いてアンデッドの満足と冥福《めいふく》を祈る。そうしていると本格的に日が暮れて、周囲が暗くなるにつれ、さらに多くのアンデッドが集まってきた。空を見上げても、階段の下を見下ろしても、拠点外はアンデッドでごったがえしている。

「改めて思うが、これだけ集まったアンデッドが襲《おそ》ってこないというのは、不思議だな」

「この魔法の効果を享受《きょうじゅ》する方が、私達を襲うより満足度が高いんじゃないかしら。もっと美味《おい》しい食事が楽に手に入るなら、わざわざ苦労して相対的にまずいものを食べようなんて思わないでしょ？」

「人間であれば他の利益も考えられるが、アンデッドは大半が理性を失っておるからのぅ」

「供養であって害するための魔法ではなく、またその意図が伝わるのであれば、警戒や忌《き》避《ひ》もされにくそうですな」

俺を中心に四方を囲み、護衛に当たってくれている大人組も、穏やかな空気を感じているのだろう。会話をしていても気を緩《ゆる》めすぎない、その泰然《たいぜん》とした態度が経験の多さを感じさせる。そして、その内容もこの魔法を改良する参考になりそうだ。

そう考えながら、器に食料を追加しようとした、その時。

『ヒィイイ!!!!』

穏やかな空気が、突然《とつぜん》の金切り声で引き裂《さ》かれた。

8章21話 大騒ぎ

金切り声の発生源は中央の塔《とう》付近。距離《きょり》もあるし周囲が薄暗くなりつつあるけれど、発生源ではアンデッドが逃げ惑《まど》い、空白地帯が生まれていたのですぐに分かった。

そこにはほとんどボロ雑巾《ぞうきん》のような服を着ている大多数とは違い、古くはあるが立派な装備に身を包んだアンデッドの小集団がいる。おそらく十数体、20はいない。そんな彼らはほとんど一方的に、他のアンデッドを手に持った金棒や鞭《むち》で追い立てていた。

「あれが例の〝看守〟ですか」

「ああ、かつての職員の成れの果てだ」

彼らは全体からすれば極少数だけれど、生前の立場や性格が今も影響しているらしく、囚人に対して攻撃的《こうげきてき》かつ、いたぶる様に執拗《しつよう》な攻撃《こうげき》を加えている。囚人側のアンデッドも抵抗《ていこう》の意思は見せているものの、生前の影響か全体的に逃げ腰《ごし》だ。

圧倒的《あっとうてき》に数が多いのに、一方的に打ち据《す》えられて押《お》し負けているのは、装備の差や生前の立場もあるのだろうけれど……

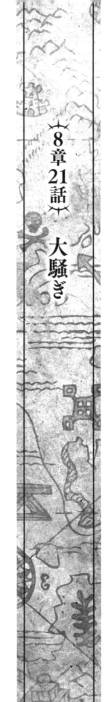

「看守達は他のアンデッドより、動きが滑《なめ》らかですね」

「中身はグールとかスケルトンウォリアーだと思うわ」

グールはゾンビの、スケルトンウォリアーはスケルトンの上位種。グールはゾンビよりも体が人間の死体に近くなり運動能力が向上しているし、スケルトンウォリアーも体の動きが人間に近くて武器を扱《あつか》うので、危険度もより高くなる。

さらに彼らは他のアンデッドと違い、体に黒いもやがまとわりついているように見えた。まだ距離があるのに忌避感が強いというか、他のアンデッドよりも嫌《いや》な感じがする。あれが話に聞いた、視認《しにん》できるほどに凝集《ぎょうしゅう》した瘴気《しょうき》なのだろう。

その予想を肯定《こうてい》するように、上位種だと教えてくれたレミリーさんの横顔は暗い。

「そんなに厄介《やっかい》ですか？」

「厄介というか、面倒臭《めんどうくさ》いのよねぇ……瘴気自体が毒みたいなものだから、あまり近づくと危ないし、光魔法も相殺《そうさい》されて効力が落ちるから余計に労力がかかるんだもの。戦闘能力に関しては、普通《ふつう》の上位種とさほど変わらないわ。多少は凶暴性《きょうぼうせい》が増すけど、それでも動きは人間以下から人間並みになっただけだから、私達にとっては誤差よ」

「ほぼ確実に〝いる〟と分かっていたことだ。やるべきことが変わるわけでもない。さっさと倒《たお》してしまうに限る」

あの看守達が現れてから他のアンデッドも浮足立《うきあしだ》ってしまって、とても食事で安らげる雰囲気《ふんいき》ではない。彼らがいる限り、これまでのような魔法の効果は期待できないだろう。シーバーさんのおっしゃる通り、さっさと倒してしまった方がよさそうだ。

と、思った直後に新たな疑問が1つ。俺の魔法は、あの看守にも効くのだろうか？

「一度試《ため》してみますね」

断りを入れて器に食材を追加。新たな燃料を得て燃《も》え盛《さか》り、じりじりと肌《はだ》に伝わる炎《ほのお》の熱さに負けず祈りを込めて、スモークスライムに煙を届けてもらう。あまり近づきたくなさそうな気配も感じたので、無理はせず、できるだけ近くまで。

拡散していた煙が一方向に収束し、集まっていた囚人達《しゅうじんたち》の間をすり抜け、階段を流れ落ちていく。その光景は川の流れのようで、アンデッド達の足元が見えなくなる。そして、煙の先端《せんたん》が看守達の所に届くと、その反応は顕著《けんちょ》だが、

「反応はしますが、効果はなさそうですね。怒《おこ》らせただけみたいです」

先ほど聞こえたものに近い金切り声と共に、彼らの矛先《ほこさき》がこちらに向いたことを感じる。先ほどまで執着《しゅうちゃく》していた囚人達を無視して、人込《ひとご》みの中を掻《か》き分けてくるが、だからといって渋滞がなくなるわけではない。若干《じゃっかん》の抵抗も受けているみたいだし、ここに到達《とうたつ》するまでにはまだ時間がかかりそう。

「この魔法はどんなアンデッドにも効く、というわけではなさそうじゃな」

「そうですね……効果がないのは〝死因の違い〟、あるいは〝個体の攻撃性《こうげきせい》〟でしょうか。この魔法はあくまでも供養であって、押し付けるというのはイメージに合わない気がしますから、受け入れは自発的に行っていただかないとダメなのかも……」

「殺意や嗜虐《しぎゃく》心を満たすことに囚《とら》われたアンデッドには、効果が薄い可能性がありますな」

少なくとも、囚人のアンデッドと同じようにはいかないようだ。失敗と言えば失敗だけど、データとしてはいいデータが取れた。

では、この結果をふまえて、目的を少し変えたらどうなるのか？　戦う相手に合わせて戦い方を変えるのは当然のこと。飢えと渇《かわ》きに苦しむアンデッドに合わせて施餓鬼《せがき》の魔法が作れたのなら、看守達に合わせた魔法も、概念があれば作れるはず。

「供養の時のように、飢えや渇きに訴《うった》えかけても効果がないなら、それはやめて……鎮《しず》めるとか、身に纏《まと》っている瘴気を落とす、毒のようなものなら消毒……これならいけそう」

煙には殺菌《さっきん》や防腐《ぼうふ》の効果を持つ成分が含《ふく》まれている。食材を煙でいぶして作られる燻製《くんせい》は、その効果を利用して保存性を高めたものだ。殺菌や殺虫のための燻煙剤《くんえんざい》も多い。そうでなくとも吸えば煙《けむ》たいし、目に入ればしみる。

また、煙と同様に可燃物が燃えたことによって出る灰は〝肉を焼いた後の灰から石鹸《せっけん》が生まれた〟という話があるように、消毒や殺菌、汚《よご》れを落とす効果もある。燃やす、熱するという行為《こうい》も消毒や殺菌の方法の1つだし、火が燃えれば光も生まれるのは言うまでもないことだ。

今度は火と煙の持つ殺虫、殺菌、消毒効果を念頭に置く。イメージは〝供養〟よりも〝お祓《はら》い〟。願うのは彼らを瘴気から解放すること、ついでにアンデッドの弱体化。囚人達に使って反応の良かった酒粕を追加して、祓いたまえ、清めたまえ、と祈りを捧《ささ》げる。

すると、また精霊棚越《ご》しに金切り声が、今度は悲鳴のようなものが聞こえてきた。

「……効果が出たな。もはや驚《おどろ》かん」

「いけそう、って呟《つぶや》いていたからやるかなとは思ったけど……今度は瘴気を消す魔法かしら」

「煙で虫を追い払うとか、灰で汚れを落とすイメージでやってみました。具体的にどんな変化が出ていますか？」

「とりあえず瘴気が少しずつ薄くなっているわね。このまま燻《いぶ》し続ければ、近づいても問題なくなりそうよ。煙が目に入って鬱陶《うっとう》しいって感じで、動きも多少は鈍《にぶ》ってはいるみたい。看守だけじゃなくて、周囲のアンデッドにも影響が出ているけど」

煙を媒介《ばいかい》にしているから広範囲《こうはんい》に影響を及《およ》ぼせる半面、アンデッドには無差別に効果が出るのだろう。巻き添《ぞ》えにしたのは申し訳ないが、少し我慢《がまん》してほしい。

「なんにせよ戦いやすくなった。これなら私だけで十分だ。拠点《きょてん》の手前で迎《むか》え打つので、リョウマはそのまま続けてくれ」

「了解です。戦闘の邪魔《じゃま》にならないように、その辺の煙は避《よ》けておきますね」

首肯《しゅこう》したシーバーさんが前へ出ると、ちょうど看守達がすぐそこまで近づいてきていたようで、すぐに戦闘が始まる。

「キシャアマァアァ!!!」

「フンッ！」

金棒を振《ふ》り上げて前に出た先頭のグールを、横一線に振りぬかれたハルバードが軽々とはじき返した。

「グルルル!!」

「キヒィ!!」

「コロ、コロス……」

「貴公らの相手は私だ。思う存分にかかってくるがいい」

他の仲間まで巻き込んで、集団の進行が止まったところで、シーバーさんが一声かける。

その体から放出される魔力は、これまでのどの戦闘よりも強く感じた。

「カ――」

一歩、集団から前へ出たスケルトンウォリアーの頭部が消し飛ぶ。身に着けていた兜《かぶと》を斧《おの》の刃《やいば》が叩《たた》き割《わ》り、その中の頭蓋骨《ずがいこつ》まで消し飛ばした。次の瞬間《しゅんかん》、斧の刃と入れ替《か》わるように振り上げられた石突《いしづき》が胴体《どうたい》を弾《はじ》き飛ばし、流れるように斧の刃が薙《な》ぎ払われる。

シーバーさんがハルバードを一振《ひとふ》りするたびに、アンデッドの体のどこかが吹き飛んで、さらに暴風によって粉微塵《こなみじん》に変えられる。いかにアンデッドとはいえ、徹底的《てっていてき》に切り刻まれ、すり潰《つぶ》されてしまえば再生は不可能。

一見荒々《あらあら》しく見えるが、実際には違う。暴風の起点となるハルバードの扱いは巧《たく》みで繊《せん》細《さい》。また、暴風は後ろの俺達《おれたち》だけでなく周囲のアンデッドも巻き込まず、敵意を向けてくる看守のアンデッドのみを搦《から》め捕《と》る。

「あらまぁ、随分《ずいぶん》と張り切っちゃって。途中《とちゅう》で力尽《ちからつ》きなければいいのだけど」

「聞こえているぞ！　自分の余力を見誤るほど、衰《おとろ》えてはいない！」

そう叫びながらも、シーバーさんの動きはとどまるところを知らず。まったく危なげのない戦況《せんきょう》のまま、看守達は最後の1体となる。

「ハンギャク、者、チョウ、チョウば、ツゥ」

「貴公で最後だ。安らかに眠れ」

「――」

最後に残ったアンデッドは武器を構えていたが、おびえたように動くことなく、うわ言のような言葉を呟いていたところを切り倒《たお》された。途端《とたん》に周囲の囚人アンデッド達が、ワッと騒《さわ》ぎ始める。

それはまるでアクション映画で悪役が倒された時に、観客が歓声《かんせい》を上げて賞賛するような。嫌《いや》みな奴《やつ》が痛い目を見て、ざまぁ見ろ、スカッとしたと笑うような。そんなしぐさがアンデッド達の間に広がっていく。

「お疲《つか》れさまでした。お水、飲みますか？」

「大丈夫だ、今日は当初の予定よりも大幅《おおはば》に戦わずに済んでいるから、体力も魔力も十分に残っている。それよりも供養を続けてくれ。……できれば、あの看守も神々の御許《みもと》に行けるように」

「分かりました」

お祓いから供養へ、イメージを切り替えてさらに火を焚く。それに伴《ともな》い、看守達から逃《に》げていたアンデッド達が、再び煙を浴びようと戻《もど》ってくる。

……看守達が消えたことによる興奮、あるいは解放感のようなものがあるのだろうか？暴れる様子はないものの、先ほどよりも動きが激しくてさわがしい。アンデッドを見てこう言うと変かもしれないが、活力を感じる。

「……なんだか、踊《おど》っているみたいね」

「え？」

「ほら、そこのスケルトンとか、そっちのゾンビとか。空のレイスも積極的に煙に飛び込んでいるのと、そうでないのがいるでしょう？　動きに統一性があるわけじゃないし、ただふらついているだけかもしれないけど」

「座《すわ》る者や寝転《ねころ》ぶ者もいるから、宴《うたげ》のようにも見えるのぅ」

地面付近を流れる煙を浴びるために、座ったり寝転んだりしている個体は、そのまま飲み食いをしている。あるいは酔《よ》いつぶれて寝る人。立ってせわしなく動き回る個体は、集団の中で踊るお調子者。言われてみれば、確かに宴会《えんかい》をしているようにも見える。

供養のための儀式を考えているが、この魔法はそもそも思い付きでやっているものだ。ちゃんとした宗教儀式でもなければ、崇高《すうこう》なものでも格式高いものでもない。厳《おごそ》かな雰囲気の儀式より、居酒屋でワイワイ宴会をしている方がイメージしやすいな。

「それなら、何か音楽があるといいかもしれませんね」

アイテムボックスからギターを取り出し、問題がないことを確認《かくにん》。こちらの宴会でどんな曲が好まれるかは分からなかったので、以前習った曲を軽く弾《ひ》いて調子を確かめる。

「おや、それはセムロイド一座の曲ですな」

「はい、以前ギムルの街の創立祭で知り合いまして、その時に少し教えていただきました」

あのお祭りの活気の中で弾かれていた曲なら、宴会の場にそぐわないことはないはず。祭囃子《まつりばやし》を聞くと、思わず心が惹《ひ》かれるように。音楽で場を盛り上げ、さらに広がる音色で遠くのアンデッドを誘《さそ》う。

「皆《みな》さん、グレイブスライムの防衛線がもう少し薄くなっても大丈夫だと思いますか？」

そう聞くと、問題ないとの返答に加えて〝とことんやりなさい〟と応援《おうえん》もしてくれたので、お言葉に甘えて全てのグレイブスライムに分裂《ぶんれつ》を指示。全体の1割程度をそのまま道の封鎖《ふうさ》に残し、残りは死霊誘引《しりょうゆういん》を使いながら、それぞれの道に沿って街中に広がってもらう。

「整然と並ぶと、なかなか綺麗《きれい》に見えるのう」

淡《あわ》く輝《かがや》くグレイブスライムの列が、誘導灯《ゆうどうとう》のように中央階段を彩《いろど》る。イルミネーションと呼ぶにはちょっと寂《さび》しいけれど、他の道でも同様の列ができているはずなので、遠くから来るアンデッドの目印にはなるだろう。

こちらに来れば楽しいぞ、美味しい食べ物、飲み物もあると呼びかけるように、魔力を込めてギターを弾いていると、こちらも楽しくなってきた。

前世の概念、スライム農法、ファットマ領のお酒、セムロイド一座の曲……これまでの生活や旅を通して経験したことがうまく嚙《か》み合って、新たな魔法の儀式として1つになる。まだ粗削《あらけず》りで発展途上《とじょう》でも、少しずつ形ができていく。それが面白《おもしろ》くて、楽しい。おまけにそれが誰《だれ》かに喜んでもらえるならば、言うことはない。

そんな満足感を覚えながら、1人、また1人と去っていくアンデッド達を見送る。そのうち空には皓々《こうこう》と輝く月が浮かび、優《やさ》しい夜が更《ふ》けていった。

8章22話　突入

翌日

亡霊の街に作った拠点で目を覚ますと、どちらかといえば昼に近い時間帯。昨夜は遅《おそ》くまで供養を続けていたので、今朝はだいぶ遅めの起床《きしょう》になった。見張りを引き受けてくれたセバスさんとラインバッハ様に挨拶《あいさつ》をして、朝食として精霊棚《しょうりょうだな》に載《の》せていた料理の残りをいただく。

捨ててしまうのはもったいないし、お供えした物を人が食べるのは〝故人と食事を共にする〟、〝食事を分け合う〟という意味で、これも供養の一環《いっかん》。ゆったりと食事を味わっていると、外に出ていたレミリーさんとシーバーさんが帰ってきた。

「おかえりなさい」

「起きていたか。少し見て回ってきたが、昨日の魔法はだいぶ効いたようだぞ。アンデッドの減り方によっては、討伐《とうばつ》にもう一日かける予定だったが、あの様子なら中央の塔に向かっても問題なさそうだ」

「ほう？　随分と静かだとは思っていたが、塔の周囲もか」

「街中の瘴気もかなり薄れているし、アンデッドは激減しているわ。残っているアンデッドも、どこか穏やかで動く気配がないのよ。せいぜいが視線を向ける程度で、ほとんど〝ただの死体〟になって街中に転がっているわ。死体が転がっているのだから、それはそれで対処しないといけないかもしれないけど、少なくとも脅威《きょうい》になることはなさそうね」

「では、残ったアンデッドはゴブリンとグレイブスライム達に頼《たの》んで、処理してもらいましょう」

いまさらだけど、グレイブスライムに食べさせるのは埋葬《まいそう》なのか、それとも食葬なのか……遺体を肉食の鳥に食べさせる〝鳥葬《ちょうそう》〟という文化がある場所もあったし、スライム葬と言うべきか？　なんにせよ、野ざらしのまま放置するよりはいいだろう。

「ごちそうさまでした」

街の様子を聞きながら食事を済ませて、太陽が天辺《てっぺん》に昇った頃《ころ》から今日の作戦を始める。

事前の話の通り、街中のアンデッドはゴブリンとグレイブスライム達に任せ、俺達は中央の塔へ。道中に襲撃《しゅうげき》はなく、スムーズに塔の前に到着《とうちゃく》。

「ここはまだ瘴気の嫌な感じが残っていますね」

「街の中心であり、処刑場《しょけいじょう》がある場所じゃからな。昨夜の煙も塔の中までは行き渡《わた》らなかったのじゃろう」

ということで、突入前にもう一度、瘴気を祓うことに決定。もう慣れた準備を整えて、お祓い開始。

「本当に便利だな、この魔法《まほう》は……」

「こういう土地で瘴気の除去が必要な場合、普通はどうするのですか？」

「燃やせるものなら、灰になるまで燃やすのが手っ取り早いな。それ以上の対処が必要であれば、専門家に依頼《いらい》するのが一般的《いっぱんてき》だろう」

「アンデッド討伐や瘴気対策を専門にしている〝祓魔師《ふつまし》〟とか〝呪術師《じゅじゅつし》〟と呼ばれる魔法《まほう》使《つか》いのことね。専門家だけあって知識も経験も豊富だし、安全で確実だから。私も多少は心得があるけど、彼《かれ》らには敵《かな》わないわ」

レミリーさんは影魔法《かげまほう》を使った戦闘が専門らしいから、畑違《はたけちが》いなのだろう。俺《おれ》もこうして瘴気除去はできるようになったけど、ほとんど感覚でやっているだけだ。

「グレイブスライムの研究のことを考えると、瘴気関係のちゃんとした知識を修めた方がいいかな……」

「そちらの分野に興味があれば、公爵《こうしゃく》家と懇意《こんい》にしている呪術師を紹介《しょうかい》できるが……レミリー、どう思う？」

「しっかりした知識が身につけば、それだけできることも増えるし安全でしょうね。ただ、指導者をつけるなら事前に厳選する必要があると思うわ。じゃないと確実に、リョウマちゃんを持て余すわよ」

「リョウマ様は既《すで》に1つ、専門家に匹敵《ひってき》する魔法が使えますから、そちらに興味が惹かれないとも限りませんね。信頼《しんらい》の置ける方々ではありますが、魔法の研鑽《けんさん》に熱心な方々であることも事実ですので」

公爵家のお抱《かか》えになりたい人は多くいるはず。沢山《たくさん》の候補の中から選《えら》び抜かれるためには相応の腕前《うでまえ》が必要だろうし、それだけの実力を身につけるには熱意がないと難しいのだろう。必然的に、魔法オタクみたいな人も多くなるのは、なんとなく分かる気がする。

塔に送り込まれる煙《けむり》を眺《なが》めながらそんな話をしていると、煙に満ちた入り口の先に、沢山の動く影《かげ》が見えたけど……瘴気を纏っていないアンデッドなら、頼《たよ》りになる大人組には相手にもならず、あっという間に一掃《いっそう》された。

「あっ」

だが、ここで何かトラブルがあったようだ。やってしまった、という感じの声を上げたレミリーさんを見ると、少し悲しげな顔で持っていた杖《つえ》を見ている。

「どうしました?」

「もうそろそろだとは思っていたけど、とうとう限界みたい」

そう言いながらこちらに向けた杖の側面には、大きな亀裂《きれつ》が入っている。

「新しい杖を作るために常闇草《とこやみ》が必要だという話でしたからね……大丈夫ですか？」

「戦闘《せんとう》にはさほど影響しないわ。魔法は杖がなくても使えるし、装備として優《すぐ》れた杖というわけでもないから」

成人祝いに両親から貰《もら》った杖だとも言っていたし、思い出の品という意味が強かったのだろう。

「リョウマちゃん、これも燃やしていいかしら？」

と、思っていたら、あっさり燃やそうとしていた。

「あの、思い出の品なのでは」

「そうよ、私が宮廷魔導士《きゅうていまどうし》になって間もない頃に貰った杖だもの。あの頃は色々あってやさぐれていたし、弱っていたからね……気の迷いで手紙を送って、〝私は勝手に村を飛び出したんだから〟って返事も期待してなかったはずなのに、ろくに村から出ようともしなかった両親が飛んできた時は驚いたし、嬉《うれ》しかったわ。

だけど、壊《こわ》れてしまったものをいくら惜《お》しんでも仕方がないでしょ？　杖がなくなったら思い出もなくなるわけじゃないんだし、村でも大切に使って使えなくなったら、薪《まき》とか竈《かまど》の火つけに使って処分するのが当たり前よ」

「そういうものなんですか」

「そうなの。あと、成人って〝はい今からは大人です〟って言われた途端、完璧《かんぺき》な大人になるわけじゃないでしょ？　年齢《ねんれい》で区別をすれば大人になるけど、中身は時間をかけて成長していくもの。この杖は、親の手から少しずつ離《はな》れて、ひとり立ちできるようになるまでの〝過渡期《かとき》を支えて、本当の大人になれるように〟という願いを込めて贈《おく》られるものだから、いい大人が使うものじゃないのよ」

若干恥《じやっかんは》ずかしそうな表情を見るに、子供用自転車の補助輪といった感じなのだろう。そもそも目の前の杖が、古くてもこれまで使える状態に保たれていたのは、普段使《ふだんづか》いをしていなかったからだそうだ。

宮廷魔導士は申請《しんせい》すれば、支給品やオーダーメイドの杖の購入《こうにゅう》費用を国に出してもらえるので、仕事にはそっちを使っていたのだとか。そうでなければ、もっと昔に限界が来ていたとのこと。

「だから、少しでも役に立つなら燃やすことには問題ないの。儀式的《ぎしきてき》に都合が悪ければ無理にとは言わないいけど」

「その点については問題ないと思います」

今回は供養《くよう》ではないし、お盆《ぼん》でも麻《あさ》の皮を剥いだ〝おがら〟を燃やす。お焚《た》き上げなど、魔法のイメージもしやすいので大丈夫《だいじょうぶ》だろう。

そう答えると、レミリーさんは数秒間何かを思い出すように軽く目をつぶり、目を開けると思い切りよく杖を何度か折って、火の中に投げ入れた。杖は火に炙《あぶ》られてパチパチと小さく弾け、あっという間に火が回ると煙を多く吹《ふ》き、端《はし》から白い灰へと変わっていく。

「これが燃え尽《つ》きたら、行きましょうか。中の瘴気もさっきより薄れてきたし、これなら魔力《まりょく》感知もやりやすいと思うわ」

「分かりました」

それからしばらくは特に会話もなく、静かな時間が流れた。

■■■

瘴気の除去が一区切りついたので、ライトスライム1匹《ぴき》を頭に乗せ、エンペラースカベンジャーを先頭に、塔《とう》内部に入っていく。

この塔は上から見るとドーナツのような形をしていて、外側から内側に向かうにつれて、看守・死刑執行人《しけいしっこうにん》の宿舎と勤務時の待機場所、死刑執行前の囚人の収容施設《しせつ》、処刑場の順

に区分けされているらしい。

また、内部の通路は囚人の逃走《とうそう》防止のため、それなりに入り組んでいるとのこと。使われなくなった施設だけあって暗いけれど、頭に乗せたライトスライムが光魔法で照らしてくれるので、行動の支障にはならない。

塔内に残るアンデッドも、特に問題なし。入り口付近は通路が狭《せま》く、エンペラーの巨体《きょたい》で通路を塞《ふさ》いでしまえば、実体のあるアンデッドが逃げる場所はない。向かってくる看守のアンデッドが、まるで津波《つなみ》に飲《の》み込《こ》まれるように押し戻されている。

壁《かべ》の中に隠《かく》れて煙をやり過ごしていたのか、時折レイスが壁を通りぬけてくるけれど、ライトショット一発で対処完了《かんりょう》。魔力感知に集中して、レイスが壁越《かべご》しに接近していることに気づければ、さほど難しくない作業だ。

「街の外から様子を見た時には骨が折れそうだと思ったが、ふたを開ければ全く苦労しないのぅ」

「スライムの力も借りて最善の手を打ったつもりだが……ここまで楽になってしまうと、張り合いがないな」

「あ、セバスさん、水をお願いします」

「かしこまりました『ウォーター』」

セバスさんが水魔法《みずまほう》で大量の水を生み出して、エンペラーが嬉しそうに飲む。そして10秒くらい経《た》つと、ブルリと体を震《ふる》わせると共にもういいという思いが伝わってきた。

「ありがとうございます、もういいそうです」

「この程度でしたら、何時《いつ》でもどうぞ」

その後もしばらく歩き続ける。ほかの塔は知らないけど、この塔はかなり広いと思う。まぁ、処刑場と死刑囚《しけいしゅう》及《およ》び職員の居住区にその他必要な施設を加えたら相当な大きさになるのだろう。

「常闇草は、地下じゃったな?」

「本来は洞窟《どうくつ》とか、光の入らない暗い場所に群生する薬草だからね。〝飢渇《きかつ》の刑場《けいじょう》〟は生育条件が整っているのよ」

「懐《なつ》かしいな……昔は新人の訓練に付き添《そ》って、毎年のように見たものだ。あそこの階段は足腰《あしこし》の鍛錬《たんれん》に丁度いいからな」

「足腰の鍛錬になるくらい、長い階段があるのですか?」

「ん、話していなかったか?」

「死刑囚を飢《う》えさせて殺していた場所だとは聞きましたが、中の構造については……」

「そうか、では話しておこう。胸の悪くなるような話になるが」

そう前置きして、シーバーさんが教えてくれた。

これから向かう〝飢渇の刑場〟には、地下深くまで続く長い螺旋《らせん》階段と拘束具《こうそくぐ》。そこにあった設備は、その2つだけ。毎日1人、新しい死刑囚が刑場に連れて行かれ、階段の最上段に繋《つな》がれる。次の日にはまた1人連れてこられ、それまでの死刑囚は生死の確認をすると同時に、一段下に移される。この繰《く》り返しで、死刑囚はどんどんと地上から遠ざかっていく。

また、生死確認と移し替えが終わると、死刑囚には硬《かた》いパンと水が与《あた》えられる。ここだけ聞くと、飢渇の刑場なのに食事を与えるのか？　飢えと渇きを与えて殺すための場所なのではないのか？　と思うかもしれないが、これは別に慈悲《じひ》でも何でもない。もちろん、与えられるパンと水に毒が入っているわけでもない。普通の食べられるパンと水だ。

ただし、そのパンと水が与えられるのは1日に一度。量は刑場内の死刑囚の3分の2に行き渡《わた》るだけで、なおかつ最上段の死刑囚の前に全て置かれる。つまり、そもそも死刑囚全体に行き渡る量がない上に、階段の下にいる死刑囚は、バケツリレーのようにして自分より上にいる死刑囚からパンと水を受け取らなければ食べられない。

こうなると、何が起こるか？　当然のように、上の死刑囚は食料を独占《どくせん》しようとする。たとえ1日に一度しか与えられなくとも、下に渡さなければいい。囚人の3分の2に行き渡るだけの量があれば、3食分を確保するのは簡単だ。自分の分と、あと2人分で3食。それ以上に、持てるだけの量を持っておこうとする者もいるだろう。

そして、下の死刑囚はそれを許さない。最初は上で悠々《ゆうゆう》と食事の確保ができていても、日に日に得られる食料は減っていく。やがて困窮《こんきゅう》し始めると、どうにかして自分も食事にありつこうとして、奪《うば》い合いを始める。

彼らを拘束する鎖《くさり》は、立ち上がって殴《なぐ》り合いはできないが、隣《となり》の死刑囚の体に手が届く程度の長さに調節されていたようで、上手《うま》くいけば手元の食料を落とさせるくらいはできたらしい。それがさらに死刑囚同士の争いを誘発《ゆうはつ》するが、互《たが》いを殺すほどには争えない。

さらに下へ行くと、もはや争いの原因になる食料が届くこともなくなり、死刑囚の体は飢えと渇きによって力を失っていく。隣への手出しではなく、まだ食事のできる上への罵《ば》声《せい》が飛び交《か》う。

……これでもまだ刑場の中では元気な方で、さらに飢えた人間は正気を失い、食人という禁忌《きんき》を犯《おか》す者がでてくる。まだ手の届く範囲《はんい》にある〝肉〟を食べようと、最期《さいご》の力をふり絞《しぼ》るのだ。

実際に人を食べることは、鎖の長さもあって難しかったそうだが、死《し》に物狂《ものぐる》いの攻撃で傷を負えば高確率で死に至る。一日中鎖に繋がれている彼らがトイレに行けるはずもなく、糞尿《ふんにょう》はその場で垂れ流し。飢餓《きが》で免疫力《めんえきりょく》も低下したうえに、まともな治療《ちりょう》もされないのだから当然だろう。

上、下、そして中間。全ての死刑囚の声は、吹き抜《ぬ》けになった刑場の中心部を通して上まで届く。刑場に一歩足を踏《ふ》み入れた瞬間から、死刑囚は死ぬまで刑場に響《ひび》く罵声と苦悶《くもん》、怨嗟《えんさ》と狂気《きょうき》に晒《さら》され続ける……それが、飢渇の刑場という場所なのだそうだ。

「それはなんというか、悲惨《ひさん》ですね。犯した罪に対して罰《ばつ》を受けること自体は当然で、必要だと思いますが……それはあんなアンデッドも生まれるだろうな、と」

「それでいい。その気持ちを忘れるな。人間というものは、自分が正しいと信じきってしまえば、信じられないほど残酷《ざんこく》で悪辣《あくらつ》なことが、当たり前のようにできてしまう生き物だ。

飢渇の刑場で行われていたことも、当時はそれが正義であり、善なる行いと思われていた。罪人を罰しているのだから、恥《は》じるところなど一片《いっぺん》もなく、賞賛されて当然のことだと。看守達《たち》の私刑《しけい》が黙認《もくにん》されていたのも、その延長と言えるだろう。否定的な意見を口にしようものなら、その者が周囲から顰蹙《ひんしゅく》を買って私刑に処された、という話も残っている。

騎士団《きしだん》がここを訓練の場として使うのは、歴史と共に〝行き過ぎた正義〟を掲《かか》げた人間の行いを、正義とは絶対不変ではないということを、次代を担《にな》う騎士見習いに教える意味もあるのだ。騎士たるもの、己《おのれ》の内に正義を持つことは必要だが、正義に溺《おぼ》れて節度を失ってはいけない。それはもはや正義ではなく、容易にただの暴力へと変わってしまう」

前世でも有名な〝魔女狩り《まじょがり》〟など、歴史を紐解《ひもと》けばそういった例は多々ある。時代によっては、処刑《しょけい》は罪人に対する刑罰《けいばつ》であると同時に、一般人《いっぱんじん》にとっての娯楽《ごらく》でもあったそうだ。人の不幸は蜜《みつ》の味という言葉もあるし、正義を振りかざして他人が苦しむ姿を楽しむのは、どの世界のどの時代でも変わらず、人間が持っている性質なのだろう。

そして、強い武力と権力を合わせ持つ騎士になるならば。そうでなくとも、それを常に念頭に置いて行動しなければ、容易に人の道を踏み外《はず》してしまう。

「さて、丁度いいところで話が終わったな」

シーバーさんの言葉を自分なりに解釈《かいしゃく》していると、飢渇の刑場まであと少しというところまで近づいていたようだ。

T字の廊下《ろうか》を左に曲がると、そこはこれまでよりも横に広かった。おそらくは左右に警備の兵士が並んでいたのだろう。現に、廊下の先には朽《く》ちかけているが重厚《じゅうこう》な両開きの扉《とびら》があり、その両脇《りょうわき》には朽ちかけた甲冑《かっちゅう》が立っている。

「こういう場所では、お約束だよな」

2体の甲冑が軋《きし》む音を立てて、こちらに槍《やり》を構えた。

8章23話　飢渇の刑場

「『シャドーバインド』」

レミリーさんの声と同時に、2体の甲冑の足元から黒いロープのようなものが飛び出した。それは瞬時《しゅんじ》に甲冑の腕《うで》から槍を搦《から》め捕《と》ると、甲冑は糸が切れた操《あやつ》り人形《にんぎょう》のように崩《くず》れ落ちる。

「はい、捕獲完了《ほかくかんりょう》」

「あっさりですね」

影の縄に搦め捕られた槍は、見えない誰かに振り回されているかのように暴れている。魔力感知でも甲冑より槍の方から魔力を感じるので、この魔獣《まじゅう》は槍が本体だったのだろう。ひとりでに浮《う》かび上がり生物を襲《おそ》う武器で、アンデッド系に分類される〝ロームウエポン〟という魔獣の存在は聞いていた。魔力が溜《た》まっている場所に長期間放置されたり、多くの人や魔獣を殺して血を浴びたりした武器はロームウエポンになりやすいらしいけど、

「昨日の看守の武器とか、この甲冑はどこから来たのでしょうか?」

「ゾンビやスケルトンは傷つくと再生するじゃろう？　それと同じように、上位種のアンデッドは自らの一部として装備を生み出すのじゃよ」

「装備も含めて、生前の姿に近づこうとしているのではないか？　と考えられております」

「そういうものなんですね……」

俺達が話している間も、ロームウエポンはもがくように暴れていた。しかし、レミリーさんがライトボールで追い討《う》ちをかけると動かなくなり、拘束が解かれるとそのまま床《ゆか》に落ちる。相手が武器の姿をしていても、光魔法が有効であることには変わりないようだ。

それよりも、

「あれが影魔法ですか」

「シャドーバインド。見ての通り、実体化した影のロープで拘束する魔法よ。難易度は高いけど、ロープを出すだけじゃなくてある程度自由に操れるから、覚えておくと色々と便利よ。敵の拘束はもちろん、ちょっとした物の固定とか、咄嗟《とっさ》の時に命綱《いのちづな》としても使えるわ」

「ぜひ習得したいです」

「だろうと思った。常闇草の採取が終わったら、もっと詳《くわ》しく教えるわ。あと、これも見ておいて」

レミリーさんは地面に転がった槍に対し、再び魔法をかける。

「『ディスペル』」

淡い光が動かない槍を包み、しばらくすると槍に染《し》みこむように消えた。

「ロームウエポンを倒すとただの武器になるのだけど、時々武器に闇《やみ》属性の魔力が残っていて、呪《のろ》いという形で所有者の精神や肉体に害を及ぼす事があるの。そしてディスペルは解呪の魔法。これを使ってちゃんと処理をすれば安全だから、自分で使ったり街で売ったりもできるわよ。

ちなみに呪いは闇魔法で人為的《じんいてき》にかける事もできるから、その対策としてもディスペルを覚えておいた方が安心ね。影魔法と一緒《いっしょ》に、後で教えてあげるわ」

「ありがとうございます。よろしくお願いします」

その時が今から楽しみだ。飢渇の刑場は目と鼻の先だし、このまま採取も終わらせてしまいたいが……そうもいかないようだ。扉の先に多数の魔力を感じる。

「いますね」

「一番アンデッドが生まれやすい場所だ、仕方ない。入る前に確認するが、このまま私とリョウマが前、3人は後方からの援護《えんご》でいいな？　それからリョウマ、エンペラーはここに残して、挟撃《きょうげき》される可能性を減らしてもらいたい」

「それが一番じゃな」

「接近戦は貴方達《あなたたち》に任せるわ」

「私も異論ありません」

「僕《ぼく》も賛成です。スライムはキング1匹分だけ分離《ぶんり》させて、残りでここを守ってもらいましょう」

そんな確認を終え、気を引き締《し》めて、慎重《しんちょう》に扉を開けると、

「「「キャアアアア!!!」」」

正面にいた3体のグールが素早《すばや》く反応して、叫《さけ》びながら襲い掛《か》かってくるので、冷静に光属性の魔力を纏わせた刀で斬《き》り倒し、ライトショットを連射しながら刑場に進入。

内部は聞いていた通り、反時計回りの螺旋階段が続いている。死刑囚を拘束するために一段がかなり広い。横幅《よこはば》がおよそ7m、縦が3mといったところ。下に下りていくと、一定間隔《かんかく》でさらに広い踊り場もある。足場はしっかりしているし、戦う場所には困らないだろう。

注意すべきは、螺旋階段の中心にある吹き抜け。昔は柵《さく》があったのだろうけれど、今は何もないも同然だ。なるべく壁際で戦い、押《お》し込まれないように気をつけよう。

「どんどん来るわよ！」

下からやってくるアンデッドにキングスカベンジャーをけしかけるが、3つの影がキングスカベンジャーを飛び越《こ》えて来た。

「『ライトショット』！」

レミリーさんが即座《そくざ》に1体撃《う》ち落とし、残り2体のグールは俺とシーバーさんで始末。

その間にも、次から次にグールがやってくる。どうやら、ここのアンデッドは大半が上位種になっているようだ。

正面から突《つ》っ込んできた1体が爪《つめ》を振り上げ、俺に斬りかかろうとする。確かにゾンビと比べると速いが——

「まだ遅い」

爪が振り下ろされる前にグールの胴《どう》を薙ぎ、続いて頭部を脳天から首元まで斬り倒せば、そのまま後ろに倒れて再生も動きもしない。上位種にも光属性を纏《まと》わせた一刀は十分に通用するのだから、囲まれることと落下に注意すれば、問題ない。

「このまま徐々《じょじょ》に階段を下り、次の踊り場で迎え撃とう。スライムには適宜《てきぎ》、足元に残った死体を処理させてくれ。溜まると戦いにくくなる」

シーバーさんの言葉に従い、襲ってくるアンデッドを倒《たお》しながら踊り場まで進む。ラインバッハ様、セバスさん、レミリーさんの3人は、階段の少し上から魔法で敵の数を削《けず》ってくれている。

上の3人の所にグールを行かせないように、光魔法を絶やさず、動き続けた。亡霊《ぼうれい》の街に着いてから一番激しくて危険な戦闘。にもかかわらず、気負いがない。体は全身のコリがほぐれていくように、調子がいいと感じる。まるで、シーバーさんとの試合の時のようだ。

……でも、まだ足りない。あの時と同じで、魔法と体の動きに微妙《びみよう》なぎこちなさがある。

「リョウマ！　魔法と剣《けん》を同時に使うのではなく、交互《こうご》に使え！」

「！　了解《りようかい》！」

1体の眉間《みけん》を貫《つらぬ》くと、左右の斜《なな》め前からほぼ同時に2体が襲来《しゆうらい》。左の方が近いので、攻《こう》撃《げき》を躱《かわ》して一太刀《ひとたち》入れて蹴《け》り、距離《きより》を空ける。続いて右の攻撃に来た腕を切り落とし、体に一太刀浴びせて時間を作る。

「シーバーさんの言葉に従うなら……」

自分から2体の間に入り、左のグールに向き合う。これで一直線、前後にグールがいる状態。ここから刀を担《かつ》ぐように構え、切先から背後にライトショットを放ち、正面のグールを脳天から両断する。今の魔法と次の敵への構え、そこからの攻撃はスムーズだった。

「いいぞ！　武器の隙《すき》を魔法で補い、魔法の隙を武器で補う！　それが魔《ま》法剣《ほうけん》の戦い方の

1つだ！」

「はい！」

今の感覚を忘れないように、さらに戦い続ける。煌《きら》めく刀が近くを薙ぎ払《はら》い、魔法が離れた敵を撃つ。刀と魔法の無限ループを繰り返すたびに少しずつ、だけど確実にぎこちなさが取れていく。

グールを相手に魔法と武術を合わせた戦い方を磨《みが》いていると、さらにシーバーさんから追加のアドバイスをいただいたので、すぐに反映させてみる。こうして戦い続けること……どのくらいだろうか？　体感ではほんの10分程度で刑場の最下層に到達《とうたつ》、アンデッドの姿はなくなっていた。

「……終わりました？」

「ああ、終わったな。いい集中力だった。腕前だけなら、既に騎士団への推薦状《すいせんじょう》を書いてもいいくらいだ」

お褒《ほ》めの言葉をいただいたけれど、もう少し敵が多ければ、まだ改善できたと思う部分がいくつかある。及第点《きゅうだいてん》といったところだろうか？　魔法と剣の組み合わせは奥《おく》が深い。今後も訓練を続けていくとして……

「あっ、沢山ありますね」

飢渇の刑場の底には苔《こけ》むした地面が広がり、その上にツヤのない黒色の草が群生している。この黒い草が、俺とレミリーさんの必要としている常闇草だ。

「想定よりも生えているわね、常闇草」

「こんな所まで採取に来る物好きはそう多くない。アンデッドのことも考慮《こうりょ》すれば、しばらく誰も入っていないのだろう」

「品質はどうじゃ？　瘴気《しょうき》の影響《えいきょう》などもあるのではないか？」

近くの常闇草を取って調べてみると、品質は最高に近い事が分かる。

「かなり良質ですね。僕の目的のためには十分です」

「私の方も問題ないわ。常闇草は瘴気にも強いし、わずかだけど瘴気を寄せ付けない効果もあるから。欲を言えば、アンデッドに踏み荒《あ》らされてないものを選びたいわね」

「これだけ群生しているのですから、探せばあるでしょう」

セバスさんが率先《そっせん》して、踏み荒らされていない常闇草を探し始める。俺達《おれたち》も続いて無事な常闇草を探し、採取をするが……ここで妙《みょう》な感覚を覚えた。何か、違和感《いわかん》のような、それでいて懐かしいような……

「どうした？」

「いえ、何か……気のせいでしょうかね？」

妙な感覚を言語化できず、次第《しだい》にその感覚が本当にあったのかも疑わしくなってきた。

「何もないならいいが、おかしな事があればすぐ言うのじゃぞ」

「はい」

特に異常があるわけでもないので、気のせいだろうと思って作業続行。次第に謎《なぞ》の感覚は頭から消えて、採取した常闇草で用意していた袋《ふくろ》の5つ目が一杯《いっぱい》になった頃。あの感覚を、先程《さきほど》よりもハッキリと覚えた。

「皆さん」

「何かあったのか？　先程も何か考えていた様じゃったが」

俺の呟《つぶや》くような声に、皆さんが反応し、ラインバッハ様が聞いてくる。

「何かあったかと聞かれると、上手く答えられないのですが……何かを感じませんか？」

「また漠然《ばくぜん》としているわねぇ……私は何も感じないけど」

「アンデッドも見当たりません」

皆さんは特に何も感じないそうだが、俺の言葉を信じて飢渇の刑場の底を調べてくれる事になった。もちろん違和感を訴《うった》えた俺も一緒に原因を探す。その結果、

「ここら辺です。このよく分からない感覚の発生源」

「ここ？」

俺が示したのは、俺達が下りてきた螺旋階段から少し離れた場所。刑場の中心部から、微妙に端に近づいただけで、何の変哲《へんてつ》もない床の上だ。見た目に特別変わったところはない。でも、間違《まちが》いなくここだという確信がある。

自分でもなぜそう思うのかが理解できず、非常に気持ちが悪い。という訳で、

「ちょっと掘《ほ》ってみてもいいですか？」

「法的な問題はございません」

「頑丈《がんじょう》な造りだから、ちょっとぐらいなら問題もないと思うわ。でも気をつけてね」

刀になってもらっていたスティールスライムに、大きなシャベルになってもらう。おまけに魔力コーティングの要領で、土魔法のブレイクロックを纏わせ、掘り始める。……すると、掘るたびにあの感覚が段々と強くなってきた。

本当に何なんだろう？　嫌《いや》な感じはしないけど、良い感じもしない。生き物の気配でもない。何か分からない感じだけが強くなってくる……掘って、掘って、また掘って。体がすっぽりと穴に入っても掘り続け、穴の深さが４ｍほどまで深くなったところで、上から声がかかった。

「リョウマ君、大丈夫か？」

「もう結構掘っているけど、何かあった？」

ラインバッハ様とレミリーさんの声だ。

「どんどん近づいている気がします。たぶんもうすぐ、っ⁉　何かの手応えがありました！」

報告してからスコップの先を見ると……

「魔石、か？」

8章24話　お宝発見？

　露出《ろしゅつ》した魔石らしき物体に傷がついている所を見ると、さっきの手応えはこれを突いたのだろう。それ以上傷つけないように、丁寧《ていねい》に掘り出してみる。石の大きさは縦が人差し指くらいで、横幅は指2本分。色からして属性は闇属性。鑑定《かんてい》の魔法で確認《かくにん》すると、間違っていなかった。

　しかし、どうやら魔石は1つだけではないようだ。たった今この魔石を掘り出す過程で、周囲から同じ魔石が幾《いく》つも顔を出している。スコップに纏わせたブレイクロックで周囲の土が崩れたから簡単に見つかったのかもしれないけど、手に持ってるものより大きい物もある。

　……俺が感じたのは、この大量の魔石の魔力？　……とりあえず報告が先か。

「皆《みな》さん！　魔石を見つけました！　闇属性の魔石です！」

　掘り出した魔石を、穴を覗《のぞ》き込んでいた皆さんに届くよう軽く投げて渡すと、セバスさんが受け取って鑑定したようだ。感心したような声が聞こえる。

「確かに、1級の闇属性魔石でございます」

その言葉で他の3人からも声が出る。1級、俺の鑑定ではそこまで分からなかった。おそらく品質はいいと思うけど、どのくらいなのだろうか？　気になったので聞いてみると、魔石には第1種・第2種・第3種という分類があり、その中から品質によって6つの等級に分けられる事を知った。

まず第1種に分類されるのは光・雷《かみなり》・木属性。

次に第2種に分類される闇・毒・氷属性。

最後の第3種が火・水・風・土・無属性。

この分類はその属性の希少性で分けられていて、1種が最も珍《めずら》しくて価値が高く、そこから2種、3種の順に安くなる。なお、空間属性は魔石の存在が確認されていないため分類に含《ふく》まれていない。

ちなみに魔石は同じ属性の場合、1つ上の等級になると値段が倍になるとのこと。第3種の魔石を例に出すと、こんな感じになる。

1級32000スート以上
2級16000スート以上
3級8000スート以上

4級400スート以上
5級2000スート以上
6級2000スート未満
5級の魔石は魔法の杖として使うのに最低限必要な品質で、6級は庶民《しょみん》でも買える安価な魔法道具を動かすために使われる。電池のようなもの。
6級は5級以上の杖に付ける魔石を加工した時に出る魔石の欠片《かけら》と一緒に売られている事があり、言い方は悪いが一般的には〝クズ魔石〟と呼ばれる。
基本的に質の良いものほど魔力を多く内包していて、用途《ようと》も多くなるので、このような値段がつくのだそうだ。
次に第2種の魔石だが……これは第3種より希少なので、およそ3倍の値が付く。しかし第2種なら3種より高いという訳でもない。
1級9600スート以上
2級4800スート以上
3級2400スート以上
4級1200スート以上
5級600スート以上

6級6000スート未満
この通り、第3種の魔石《ませき》でも品質が良ければ下手な第2種の魔石より値がつく。

しかし今回の場合は、

「えーっと、その魔石は闇属性。つまり第2種で、品質は1級。属性も、品質も申し分なくて高いという事ですか」

「その通りでございます。魔石は高品質な物が採れにくいですし、良質な物が売りに出されれば魔法使《まほうつか》いや職人等、様々な方が買い求めますので、ここまで高品質の魔石はなかなか見ることができません。

先程お教えした金額はあくまでも〝最低額〟、しかるべき所に売りに出せば、その2倍3倍の値にはなります」

「私も新しい杖のために闇属性の魔石が欲《ほ》しかったから、リョウマちゃんさえよければそのくらいで買い取るわよ」

さっきの額で最低でも⁉　1つで四捨五入したら10万スート、大金貨1枚なんて大金なのに⁉　しかもレミリーさん、即決《そっけつ》ですか⁉

「あのー、セバスさん？」

「はい、どうされましたか？」

「この奥、まだ同じ様な魔石がゴロゴロあるみたいなんですけど……」

そう伝えると、この品質の物が幾つもあるのかと驚《おどろ》かれ、とりあえず採掘《さいくつ》できるだけ採掘してみる事になった。

ディメンションホームの中からアーススライムとダークスライムを出して、手伝ってもらう。最初はアーススライムのみ出すつもりだったんだけど、ダークスライムが外に出たがったから出した。どうやらこの周辺の魔力を吸いたかったようだ。

俺《おれ》も時々、属性魔法《まほう》を使うスライムには魔力をあげるけど、それは彼《かれ》らにとって〝おやつ〟みたいな扱《あつか》いらしく、普段《ふだん》の食事は勝手に自然の魔力を吸っている。ここはダークスライムにもいい餌場《えさば》みたいだ。

アーススライムに土魔法で穴を掘って貰い、ダークスライムが魔石を拾い集め、俺が運《うん》搬《ぱん》。穴の外に居る4人が袋を引き上げて、品質を鑑定してくれた。そして、大小合わせて22個の闇属性魔石を発掘《はっくつ》したところで、忘れかけていたあの感覚がやってくる。

「っ！」

その感覚に引き寄せられるように土魔法を使い、穴を掘った。やがて見えてきたのは、

「……大きいな、あの魔石……」

それは、大小様々な魔石に囲まれた、黒い柱のような魔石。高さは60㎝程になるだろう

か？　土の中から姿を現したその魔石は、これまで掘り出したどの魔石よりも美しく、強い魔力を感じさせ――

「⁉」

思わずその魔石に触《ふ》れようとした瞬間《しゅんかん》、今度は言葉にしようがない悪寒《おかん》が体を包んだ。跳《は》ね上がる心臓とどちらが早いか、咄嗟に後ずさり距離を取った俺の体からは、滝《たき》のような汗《あせ》が噴《ふ》き出している。

今のは何だ？　あの石、ヤバイのか？

「リョウマちゃーん？　また何か――すごい汗じゃない！　どうしたの⁉」

上から光魔法で俺の顔を照らしたレミリーさんが叫んだので、答える。

「今、すごく大きな魔石を見つけたんですが、それに近づいた瞬間、物凄《ものすご》く嫌な感じがしまして……」

「リョウマちゃん、一旦《いったん》出てきて」

その声は、有無《うむ》を言わせぬ真剣《しんけん》さを感じさせた。スライムと共に、言われた通りに穴を出ようとするが、あの魔石がどうも気になって、後《うし》ろ髪《がみ》を引かれる。先程の悪寒を思い出す事で迷いを振《ふ》り切り、穴から這《は》い出ていく。

「『ディスペル』」

そんな俺を出迎《でむか》えたのは、レミリーさんの魔法だった。穴から出たとほぼ同時に、魔法で生まれた光が体の中に染み込む不思議な感覚を覚え、同時に何かから解放されたような、爽快《そうかい》な気分になる。そして頭も働くように……いや、今までが鈍《にぶ》っていたように感じる。

「呪いですか？」

解呪の魔法が使われ、なおかつそれで何かが改善した感覚があったということは、そういうことなのだろう。

「闇属性の魔石が発掘できる場所では、時々その手の事故が起こるそうよ。闇は精神攻撃とか直接的でない攻撃を行う魔法だから、魔石に含まれる魔力の影響を受けてしまうのだとか。自分で採掘しないから、すっかり忘れてたわ」

「僕も迂闊《うかつ》でした。それと、ありがとうございます。僕1人だったら、呪われたことに気づくのも遅《おく》れていました」

「お礼なんていいわよ。一緒に活動している以上は協力し合うものだからね。呪いの対策も、後でできるだけ教えてあげるから、しばらく休んでなさい。私はその魔石の呪いを解いてくるから」

レミリーさんはそう言って俺の頭を撫《な》で、一言〝アンチカース〟と唱えてから、穴の中に入っていった。

「お水です、どうぞ」

「ありがとうございます」

セバスさんからコップに入れた水とタオルを受け取って、汗を拭《ふ》き、水を呷《あお》る。穴の中から光が溢《あふ》れたかと思えば、10秒ほど経ってからレミリーさんが戻《もど》ってきた。

「レミリー、どうじゃった？」

周囲を警戒《けいかい》していたラインバッハ様がそう聞くと、レミリーさんは困った顔。

「うん、あれはどう話せばいいのか、とりあえず凄《すご》いものだったわ。あれ、魔宝石だったのよ」

魔宝石って確か、エリアから預かったネックレスに付いてたルビーもそれで、超高級《ちょうこうきゅう》品《ひん》だったはずじゃないか？

そんなことを考えていたら、レミリーさんに〝疲《つか》れているところ悪いけど、魔宝石を回収してきて欲しい〟と言われたので、先程の魔石を発掘しに行く。またその前には、呪いを防ぐための魔法もかけてくれた。

……改めて見ると、さっき俺が魔石だと思っていた物は、大きな黒水晶《すいしょう》のクラスターだった。前世の取引先の待合室にも水晶のクラスターが飾《かざ》ってあったが、ここまで大きな物は見た事がない。しっかり見れば気づけただろうに、それにも気づかなかった。やはり呪いで判断力が落ちていたのだろう。

それにしても、綺麗《きれい》な黒水晶だ。こういう物を家とかに飾ったらオシャレかな？　……欲しいかもしれない。そんな気持ちが湧《わ》いてくる一方で、さっきまでのような悪寒は感じないのに、触れたくないとも思ってしまった。

だから、なんとなくクリエイトブロックを使い、土魔法でクラスター全体を包む。魔宝石を封入《ふうにゅう》した分だけ大きくなってしまったので、アーススライムに道を広げてもらい、気功を使って一気に運び出した。

「こ、これは」

「凄いものじゃが、扱いに困るのぅ……」

「呪いがかかっていなければ、確実に国宝級だな」

搬出《はんしゅつ》して土を取り除くと、既《すで》にこの黒水晶を見ていた俺とレミリーさん以外が絶句した後、かろうじて感想を絞《しぼ》り出していた。予想はしていたが、この魔宝石は希少性、質、大きさ、どれをとっても規格外。高級品に慣れ親しんでいる皆さんでも、売りに出したらどれほどの値がつくか分からないそうだ。

俺はもう金額が大きすぎて想像できない。売りに出したら騒《さわ》ぎになりそうだから売るつもりもないし、ずっと家に置いておこう。

「リョウマちゃん、もしよかったら、この魔宝石を譲《ゆず》ってくれないかしら？」

「え、これをですか？」

唐突《とうとつ》なレミリーさんの申し入れは、即座に断ろうと思った。しかし、その瞬間に違和感を覚える。俺はどうしてすぐに断ろうとしたんだろう？　どうせ売ったら悪目立ちしそうだし、レミリーさんはタダとも言ってないのに……話も聞かずに断るほど執着《しゅうちゃく》はしてないつもりだったけど、やっぱり欲しかったのかもしれない。まぁ、かなり高価な物らしいし、これは仕方ない、のか？

「『ディスペル』」

自分の中の矛盾《むじゅん》と相反する感情に困惑《こんわく》していると、レミリーさんがまた解呪の魔法を放つ。再び頭の中がスッキリとするが……大人組は渋《しぶ》い顔。

「やっぱり、呪いが解けてなかったのね」

「解けてなかった？　回収の時にまたかかったのではなくて？」

「その場合、私がかけておいた〝アンチカース〟が破られるはずだし、私がその魔宝石にディスペルをかけた時の手ごたえがおかしかったのよ。言語化は難しいけど……呪いが解けたというより、解かせてくれたというか……解けたとは思うんだけど、本当に解けたかどうか確信できなくて気持ち悪いのよ。

ちなみに、呪いの媒体《ばいたい》となった物品を身近に置きたがる、執着を見せるというのも呪いをかけられた人によくある行動の１つよ」

さっきの質問は、それを確認するためだったのか。

「魔宝石の品質的には欲しいと思っても無理のない一品だし、判断は他にも質問をしてからのつもりだったけど、リョウマちゃんが自分で違和感に気づいてくれたから、そこは分かりやすかったわ」

「では早急《さっきゅう》に呪術師《じゅじゅつし》か祓魔師、もしくは教会で高位の聖職者に診《み》てもらうしかないか」

「そうすべきね。残念だけど、私にはこれ以上できることはなさそう。呪い関係は解呪の〝ディスペル〟と防御《ぼうぎょ》の〝アンチカース〟、それを習得する為《ため》に覚えた基本的な呪いをいくつかしか使えないから。

幸いと言っていいのか、今のところ体調を崩すような呪いではなさそうだけど……リョウマちゃん、変なところはあるかしら？」

聞かれたので考えてみるが、先ほどの執着の話を聞いて納得《なっとく》してから、目の前の魔宝石への興味はだいぶ薄《うす》れた。先ほどは混乱したけれど、解呪の魔法を受けるとそれも解消された。他に心当たりもないので。まだ呪いがかかっているのか？　という疑問がわくくらい、何もない。

「それなら慌《あわ》てる必要はないわ。呪いは対象の魔力量《まりょく》が多ければ多いほど、効果が出にくくなるものだから。まずはここを出ましょう」

「そうじゃな、こんな薄暗《うすぐら》いところでは、出る案も出まい」

「では戻ろう。……そうじゃった、この階段を上るのは骨じゃのう……」

「空間魔法で戻りましょう。アンデッドも減って安全ですし、脱出《だっしゅつ》に時間をかけることもありますまい」

こうして俺達は塔《とう》を脱出し、亡霊の街の探索《たんさく》と常闇《とこやみ》草の採取を終えた。最後は想定外のトラブルもあったが、特に症状《しょうじょう》らしい症状はなく、得るものは多い探索だった。

8章25話　呪いの勉強、そして出発

塔から出ると、外が薄暗かった。まだ暗くなる時間ではないが、空には薄くない雲が広がっている。空気の湿《しめ》り具合と匂《にお》いからして、今にも雨が降ってきそうな空模様だ。とりあえず昨夜泊《と》まった建物に戻り、これからのことを話し合う。

結果としては、もう一泊《ぱく》して明朝から街に戻ることで話がまとまった。理由はまず天候と時間帯、そして呪い？の緊急性《きんきゅうせい》が低いから。目立った症状もないし、飢渇《きかつ》の刑場《けいじょう》で思ったよりも時間を使っている。連戦の後でもあるし、雨が止《や》めば早く帰る方法もあるとのことで、明日に備えてゆっくりと体を休めようという話になった。

しかし、時間ができてもやることは特にない。夕食の準備をするにも早い。適当に話をしていると、セバスさんがお茶を用意して、いつの間にか優雅《ゆうが》なティータイムが始まる。そのうちパラパラと降り始めた雨が地面を打ち始め、徐々に音が強くなってきた。

……思ったよりも勢いが強い。ゴブリンとスライム達《たち》をディメンションホームに戻しておいてよかった。

「リョウマ君、調子はどうじゃ？」

「そうですね……不調ではないのですが、魔力の回復がやけに早い気がします。塔で結構使ったと思いましたが、体感でもう9割ほどまで回復しているかと」

「それは、ここが魔力の豊富な土地だからじゃない？　体内の魔力は呼吸や食事によって、自然の中にある魔力を取り込《こ》む事で回復するの。だから魔力が溜まる土地では、同じ量と質の休息でも回復量が多くなるのよ。瘴気があれば別だけど、今なら回復も早くなるでしょう。


アンデッドが発生しやすかったり、強い魔獣が多かったり、魔力の多い土地はそれだけ危険も多いけど、訓練や研究のためにこういう土地を利用する魔法使いも少なくないわ」

確かに魔力の回復が早ければ、それだけ魔法の訓練ができる。俺もどこかに魔法訓練に向いた拠点《きょてん》を作ってみようか……近々シュルス大樹海に行くのだから、様子を見て可能そうであれば、そこに作ればいいか。

「魔力回復が土地の影響なら、大丈夫《だいじょうぶ》そうですね。本当にそれくらいしか心当たりがないので」

「……昔、任務中に負傷した時に、痛覚を鈍化《どんか》させる呪いで痛みを和《やわ》らげてもらったことがある。基本的に呪いは害を与《あた》えるものだが、効果と状況《じょうきょう》によっては利益になる場合もないことはない。リョウマの受けた呪いもその類《たぐい》ではないのか？」

「可能性はあるわね。呪いの効果で魔力が回復するなんて、私は聞いた事ないけど」

「呪いは害を与えるもので、魔力が回復する呪い。つまり魔力が回復することが害になる。そう考えると、思《おも》い浮《う》かぶのは〝魔力酔《まりよくよ》い〟ですけど、魔力酔いを起こすために魔力の吸収を早めるとか、そういうものでしょうか？」

だとしたら、一度魔力を大量に消費してみたら確認できるかもしれない。そう思ったが、

「それはやめた方がいいわ。可能性は否定できないけど確証があるわけではないし、確認のためにわざわざ状況が悪化しかねないことをする必要はないわよ。問題ないなら、魔力を使わずに現状維持《いじ》が無難。あと、ゆっくり休むことね」

「うむ。とりあえずリョウマ君は専門家に診てもらうまで、養生しておくのがよかろう。見張りもわしらで十分じゃ」

俺を心配して引き受けてくれると言ってくれているので、お言葉に甘《あま》えようとした、その時。俺は気づいてしまったかもしれない……呪いが生み出す、悪影響《あくえいきょう》に……

「リョウマ様？　どうなさいましたか？」

「皆さん、ふと思ったのですが……魔力の消耗《しょうもう》を避《さ》けると言うことはつまり、魔法の訓練や実験は」

「やめておいた方がいいのではないか？」

「リョウマ君は熱中しすぎる方じゃからのぅ」

「うっ！　やっぱりですか……」

せっかく時間ができて、魔力の回復が早くなる土地にいるのに魔法が使えないなんて、それが今一番の呪いではないか⁉

「何かと思えば、そういうことじゃったか。確かに魔法の訓練そのものを楽しんでいるリョウマ君には辛《つら》いことかもしれんな」

「以前、お嬢様《じょうさま》に助言を求められた際に、魔法で遊んでみてはどうかと話していたほどですからね」

「ここ数日、我々が見ていただけでも散々魔法をいじり倒していたというのに、勉強熱心すぎるのも困りものだな」

大人組の男性陣《だんせいじん》の優《やさ》しい笑顔《えがお》に、僅《わず》かに呆《あき》れが含まれていた。確かに色々やったけど、それはそれ、これはこれ。というか、今回の件で学べたことがあるから、それで余計に気になること、試《ため》したいことが増えているのだから仕方ない。

そんな意見を述べたところ、レミリーさんがクスクスと笑い始めた。

「そこまで気にしなくても、少しくらいなら魔力を使っても問題ないわよ。疲れるまではやらない方がいいけど、あれもダメこれもダメと我慢《がまん》を続けるのも良くないわ。心が鬱屈《うっくつ》としていると呪《のろ》いが活性化しやすいし、体にも良くないから」

「本当ですか！　よかった。そういうものなんですね」

「そういうものよ。でも一応、ちゃんと診断《しんだん》を受けるまでは、魔法の勉強は私が見ているところでやってもらおうかしらね。ラインバッハちゃんも言っていたけど、リョウマちゃんは集中しすぎて他のことを忘れる傾向《けいこう》があるみたいだし」

「それは」

それを言われてしまうと、反論できない。

「熱中できるものがあるのはいいことよ。体にも、心にも。そうだ、呪いに対抗《たいこう》する魔法を教える約束をしていたから、お茶を飲み終わったらやりましょうか」

「！　お願いします、レミリーさん。今回の事で呪いの対策は知っておくべきだと、必要性を感じたので」

「そう？　じゃあ、光属性のディスペルと、闇魔法《やみまほう》のアンチカースを教えてあげるわ」

「よろしくお願いします」

それからしばらくお茶と会話を楽しんだ後、建物の片隅《かたすみ》で練習開始。

「まずは呪いがどんなものか、実際に体験してみましょう。『イルネス』」

レミリーさんがおもむろに、手近にあった石を拾い上げて呪文《じゆもん》を唱えると、石の周囲になんとなく暗く怪《あや》しげな魔力が纏わりついたことを感じる。

「はいこれ、持ってみて。苦しかったらすぐ捨てていいから」

言われた通りに受け取ると、なんだか体が熱っぽい気がする。そして手を離《はな》すと熱っぽさも消える。

「呪いには幾つか種類があって、その石にかけたのは病魔《びようま》の呪いよ。これをかけられる、もしくはかけられた物を持っていると、病気に罹《かか》ったのと同じ症状が出るわ。症状とその重さは術者のイメージと力量次第ね」

「納得しました。実際に体験すると分かりやすいですね」

「初めてだから分かりやすくて軽めの呪いにしたわ。それを使ってディスペルの練習をするわよ」

ディスペルの練習は光属性の魔力で対象を覆《おお》い、さらに浸透《しんとう》させて内外から〝呪いを構成する闇《やみ》属性の魔力〟を打ち消すという内容だった。

この呪いに使われる闇属性の魔力は瘴気に似て、自然や体内の魔力から変質しているらしく、ディスペルを使用する際にはそこを意識することがポイント。そうすることで呪いの魔力を効果的に取り除《の》ける。今回のように闇属性の魔石に呪いがかかっていても、技量が十分であれば魔石に含まれた魔力には影響を与えることなく対応できるとのことだ。

しかし、ディスペルの魔法はこれまでよりも若干《じゃっかん》難易度が高いようで、8回失敗して9回目で成功。それもレミリーさんが呪いをかけた石と、飢渇の刑場でディスペルをかけてもらった時の感覚を思い出しながら、かろうじて成功といった感じだ。効果はまだそれほど強くなさそうなので、時間を見て練習しておこう。

「念のため言っておくけど、9回目で形になるだけで十分に習得が早いと言えるわよ。あとは練習を重ねれば効果も上がって行くでしょう。少なくとも、リョウマちゃんは指導者がいなくてもサボるような子ではないと思うし……とりあえず形にはなったから、アンチカースの練習に移りましょうか」

ということで、呪いから身を守る闇属性魔法も教えてもらう。こちらは体を闇属性の魔力で作った膜《まく》で包んで、呪いを防ぐ魔法だそうで、無詠唱《えいしょう》の要領で行うと1回目で形になり、3回も使うと慣れる。というより、馴染《なじ》む？　個人的にはディスペルより、はるかに簡単に感じた。

急に簡単になるものだから、ちゃんとできているのかが心配になり、レミリーさんの呪いで防護膜の強度を調べてもらうと、

「うん、アンチカースは習得したと言っていいと思うわ。魔力の運用に無詠唱魔法で慣れ

ていたこともあると思うけど、リョウマちゃんは光より闇属性の方が向いているのかもしれないわね。

無詠唱のやり方でコツは掴《つか》んでいたとしても、向いてないのに一発で成功はしないと思うし……まだ余裕《よゆう》もありそうだから、試しに呪いをかける方もやってみる？」

「お願いします」

問題に対処するには、問題について知らないといけない。最初に呪いを体験させてもらっただけでも十分参考になったけれど、自分でかけられるようになった方が、より理解は深まるだろう。

「なら、さっきから見せてる病魔の呪いをやってみましょう。呪いは使う機会がない方がいいけど、イメージによって引き起こせる症状には幅《はば》があるし、上手《うま》く使えば盗賊《とうぞく》の捕縛《ほばく》とか戦闘《せんとう》にも使えるわ。

具体的な使い方は、まずどんな症状を起こすかを決めること。症状が決まったら、その状態がどんなものかを強くイメージすること。病魔の呪いなら、熱とか体のだるさとか、病気に罹って出る症状を参考にするのが一般的《いっぱんてき》かしらね。ここまでは普通《ふつう》の魔法と同じ感覚でいいわ。

そして、ここからが他の闇魔法との違《ちが》いであり、呪いをかけるにあたって重要な部分。

体内の魔力を闇属性に変換《へんかん》する際に、〝負の感情〟を込めることよ」

「負の感情……アンデッドが生まれる原因にもなりますよね？　もしかして根幹は呪いも同じなのでしょうか？」

「その通り。だから人が亡《な》くなると、その遺品や家、恨《うら》みを買っていた人が呪われる事例もたまにあるし、条件がそろえば魔法使いとして訓練をしたことのない人でも発動させてしまう。呪いって、ある意味では数ある魔法の中で〝最も簡単な魔法〟なの。

ちょっと話が脇道《わきみち》にそれるけど、その性質から呪いが生まれたのは私達が使っている属性魔法よりも、はるか昔。人類の歴史が始まった頃《ころ》には既に存在したとされていて、人が人たる知性と感情から必然的に生まれた〝人の作りし最古の魔法〟と呼ばれているわ」

「なるほど……最古の魔法、そういった歴史も興味深いです」

「興味があれば、本を買ってみたらいいんじゃない？　大まかな流れは魔法ギルドが毎年発行している〝魔法史概論《がいろん》〟っていう本を読めば大体分かるし、さらに時代を限定して細かく書いてある本もあるはずよ。そこまで行くと専門家の領域だし、魔法ギルドは閉鎖的《へいさてき》だから一般人《いっぱんじん》には売ってもらえない物も多いけど、リョウマちゃんなら公爵家《こうしゃく》を通せば買えるでしょう」

いいことを聞いた。グレイブスライムの件で報酬《ほうしゅう》があったら、魔法関係の書籍《しょせき》をお願いしてみよう。

「さて、話を戻しましょうか。といっても、基本的な呪いのかけ方で特徴的《とくちょうてき》な部分は、魔力の変換のみ。症状と変換ができたら呪いが対象にまとわり付く、あるいはディスペルのように魔力が染《し》みこむ。どちらでもリョウマちゃんのイメージしやすい方で使えばいいんだけど……実際に使ってみる前に。注意点がいくつかあるわ」

にこやかに笑っていたレミリーさんが、ここで表情を引き締《し》めた。やはり、何かしら危険や問題があるのだろう。しかし、それは呪いに限らず全ての魔法、全ての道具や技術にも言えること。使い方を誤れば危険というだけの話だ。注意すべき点を聞き逃《のが》さないように、こちらも気を引き締める。

「まず言ってしまうと、リョウマちゃんはおそらく呪いもすぐ覚えるでしょう。悪事に使うのでなければ、覚えた呪いを練習するのも、実戦で使うのも、研究するのも自由。いくつか法で禁じられている魔法があるから、それだけは使用も研究も許可できないけど、それ以外なら好きにしていいわ。学んでおいて無駄《むだ》になることはないから。

ただし！　呪いの訓練には熱中しすぎないように。呪いは負の感情を用いる性質上、術者が負の感情に囚《とら》われやすいの」

確かに、魔法の練習だとしても、誰《だれ》かや何かに対する怒《いか》りや不満を思い出し続けるのは、疲れてしまうだろう。気分も落ち込むだろうし、あまりやりたくないことではある。

「無理をするのはもちろんダメだけど、無理をしてないと思っても適度に休憩《きゅうけい》を挟《はさ》むこと。その際には、気分が晴れることをすること。負の感情に囚われて、心を病《や》んでしまう呪術師は大人でも少なくないそうよ。私もリョウマちゃんが普通の子供だったら、教えるのはアンチカースまでにしたわ。

私が呪いを教えるのは、リョウマちゃんが普通の子供ではないから。神の子だという意味ではなくて、呪いを教えてもいいと思うくらい、年齢《ねんれい》不相応に精神が成熟していると判断したからよ」

確かに、呪いのかけ方なんて、子供に教える内容ではないよな……納得だ。それからしばらくは過去に呪術師が起こした事件の例を交えて、呪いを扱う際に注意すべき点と、道を踏《ふ》み外《はず》さないためのアドバイスをいただいた。

それから、実践《じっせん》に移ったのだけれど、

「……これは成功ですよね？」

練習に使った石が、禍々《まがまが》しい気配を放っている。手に持つどころか、触れたくも近づきたくもない。というか、早々に解呪した方がいいのではないだろうか？　あの魔宝石ほどではないけれど、嫌な感じがする。

「成功は間違《まちが》いなくしてるけど、一体どんな病気を思い浮かべたのよ……即死《そくし》まではしないでしょうけど、貴方《あなた》にかかっている可能性のある呪いより、こっちの方が直接的に危険だと思うわ」

俺がイメージしたのは、前世で罹った〝インフルエンザ〟。基本的に俺は体が丈夫《じょうぶ》だったので、重い症状が出ることはあまりなかったのだけれど、その時は繁忙期《はんぼうき》のデスマーチ中。平社員から主任に昇格《しょうかく》したばかりだったこともあり、負担が増えて免疫力《めんえきりょく》が落ちていたのだろう。

ようやく終わるというタイミングで急な仕様変更《へんこう》と修正の依頼《いらい》が入り、しかも課長が二つ返事で、営業と先方にいい顔をして、納期もそのままで引き受けてしまった。その時点で開発チームは皆、課長に殺意を抱《いだ》いただろう。少なくとも俺は抱いた。

せめて納期の延長交渉《こうしょう》をしてほしいと訴《うった》えても〝怠《なま》けるな！　仕事なんだから死ぬ気でやってみせろ！〟の一点張り。そんなやりとりが当時の新人君にとどめを刺《さ》したのだろう。

次の日の朝に彼の姿はなく、病欠の連絡《れんらく》を受けた。

その状況で1人でも抜《ぬ》けられると厳しいが、体調不良では仕方がない。正直、詐病《さびょう》で逃《に》げたとしても責められない状況だったので、俺はゆっくり休むようにと伝えたのだが……

午後になると、その新人君が出社してきた。真っ赤な顔にはマスク、額には冷却《れいきゃく》シート、服はスーツにダウンジャケットという奇妙《きみよう》な厚着をして、病人なのが明らかな状態で。

病欠の連絡は受けていたし、なんでそんな状態で無理をして出社したのかと聞けば、彼は辛そうに〝課長から出てこいと言われた〟と答えた。主任になった俺の頭越《あたまご》しに、直接彼の携帯《けいたい》に電話をかけまくり、罵倒《ばとう》と出社を強制したそうだ。

そうこうしているうちに課長が優雅な昼食から戻ってきて、目敏《めざと》く新人君を見つけると、開口一番に説教を始めようとする始末。流石《さすが》にこの様子は嘘《うそ》や演技じゃないだろうと、止めに入った俺と課長が押《お》し問答《もんどう》をしている間にも、新人君の体調はどんどん悪化していく。見るに見かねて、新人君に次ぐ若手に彼を病院に連れて行き、家に帰るように指示したが……数時間後、若手の子からの連絡で新人君がインフルエンザだったと伝えられた。しかも、押し問答の間にインフルエンザウイルスはバッチリ拡散されていたようで、開発チームは俺も含めて次々と発症《はっしょう》。開発は中断、もしくは納期を遅らせざるを得ないと、本気で思った。

しかし、課長はそれでも納期の変更はしなかった。それどころか、開発チームの管理は主任である俺の仕事なのだから、体調不良で欠員が出たのはチームの管理を怠《おこた》った俺の責任だと。それで納期を守れなければ、それも俺の責任だと。

おまけに病人の新人君を呼び出したのは、部下の管理ができていない俺が悪い。まだ主任になって日が浅いから、寛大《かんだい》にフォローしてやっただけ。それをお前は自分から無下にした。責任を取って1人でも納期までに仕事を終わらせろと、自分は安全な電話越《ご》しに言い放ち、一方的に電話を切った。

あの時、課長が罹患《りかん》を恐《おそ》れて電話越しの指示ではなく、面と向かって言われていたら、本気で殺していたかもしれない。結末としてはしばらく1人で、その後回復したチームの皆《みな》が戻ってきて、なんとか納期には間に合った。

しかし、その報告を聞いた課長が〝ほら見ろ！　間に合ったじゃないか。お前には怠け癖《ぐせ》がついている！　お前は努力が足りないんだ！〟と説教をぶちかまして来た時には、やっぱり殺したくなった。あともう少し体力が残っていたら、危なかった。

「リョウマちゃん？　戻ってきて」

「あっ、すみません。ざっくり言うと、症状は高熱、寒気、強い倦怠感《けんたいかん》、関節痛、筋肉痛、鼻水、のどの痛みに呼吸の苦しさ……これらの症状を発症した状態で、5日間ろくに寝《ね》ずに働かされた時の苦しみと恨みを込めてみました」

「闇が深いわね……」

それ以上、レミリーさんは俺にかける言葉が見つからなかったようだ。とりあえず呪いをかけることには成功したので、今日の練習はここまでと言って、俺が呪った石を解呪し

ていた。

それからはもう一度、念のために体調の確認《かくにん》。魔法や呪いを使ったことで、何か変化はあったかと聞かれるが、やはり自覚できる症状なし。それからは特にすることもないので、そのままた皆で雑談タイムになったのだけれど……なんだか大人組にこれまでよりも、さらに気遣《きづか》われるようになってしまった。

■　■　■

翌朝

昨夜は早めに休んだので、今日は日の出とともに気持ちよく目が覚める。体調も、やはりこれといった問題はない。天候も快晴で絶好の旅日和《びより》。気持ちよく朝の用意を整えて、1時間ほど経《た》った今……俺は、空を飛んでいた。

「おおおおおぉ……これは、凄いとしか言えない……」

「あまり喋《しゃべ》ると舌を噛《か》む！　気をつけるんじゃぞ！」

セバスさんを挟んで、先頭にいるラインバッハ様の声が聞こえる。確かに、直進だけでもジェットコースターのような感覚なので、舌を噛むこともあるだろうけれど、これは声が出てしまう。いや、初めてドラゴンの背中に乗れば、大半の人はこんな反応になるだろう！

もう亡霊《ぼうれい》の街に用事はない。呪いを調べるためにもなるべく早く帰れる手段で帰った方がいいだろう。そんな話の流れで、ラインバッハ様は当たり前のようにドラゴンを召喚《しょうかん》した。

この全身が赤茶色の鱗《うろこ》で覆われた西洋竜《りゅう》は〝イグニスドラゴン〟と呼ばれている種類だそうで、この個体の体長は20mほど。ラインバッハ様を先頭に、俺達《おれたち》5人と体を固定するための座席や手すりを装着してもスペースが有り余る巨体《きょたい》だけど、これでも若くて小さな個体らしい。体は大きくて迫力《はくりょく》も……語彙《ごい》力が低下するくらい凄いので、これで小さいという話はちょっと信じがたい。

この巨体と飛行能力に、盾《たて》のような鱗と甲冑《かっちゅう》をも貫《つらぬ》く牙《きば》と爪《つめ》を持ち、さらに炎《ほのお》を吐《は》くこともできるというのだから、敵にすれば明らかな脅威《きょうい》だろう。危険度などから定められている魔獣《まじゅう》のランクもAランク、状況や個体差によってはSランクにもなるらしい。召喚されて間もなく、顔合わせで威嚇《いかく》された時にはさすがに肝《きも》が冷えた。

ラインバッハ様がドラゴンをなだめてくれて、飛び立つまではどうなるのかと若干不安もあったけれど、飛び方はとても安定している。座席が固定された巨体は地面のような安心感と、生き物の温かみを感じるし、乗り心地《ごこち》は普通の馬車より快適かもしれない。

少し落ち着いてから周りを見れば、快晴のおかげで地平線がよく見える。この世界に来て、初めての空の旅。前世では何度か飛行機にも乗ったが、そんな物とは全く違う。あの頃はよく遭遇《そうぐう》していたトラブルの気配がないし、それだけ心に余裕を持てた。

座席がむき出しのため轟々《ごうごう》と吹《ふ》く風を感じるけれど、それが妙《みょう》に清々《すがすが》しい。先ほどまでいた亡霊の街が段々と小さくなっていき、下を見れば雄大《ゆうだい》な峡谷《きょうこく》が巨大《きょだい》な迷路《めいろ》のように見える。青い空はもちろんのこと、岩ばかりの山々もこうして見ると綺麗なものだ。

そんなことを考えていると、直進していたドラゴンの軌道《きどう》が緩《ゆる》やかに右へと曲がる。横目で先ほどまでの進路を見れば、先日俺達が一泊したテレッサの街が遠くに見えていた。ラインバッハ様の従魔《じゅうま》であり、その証《あかし》として家紋《かもん》入りの装身具を身に着けていてもドラゴンはドラゴン。街をいたずらに騒がせないためには必要な配慮《はいりょ》なのだろう。行きは徒歩で数日かけた道のりが十数分になるのだから、街を迂回《うかい》しても十分に速く飛んでいる。

むしろ、景色を楽しむにはこのくらいが丁度いいと感じるくらいだ。

ドラゴンの背中に乗るという滅多《めった》にない機会。せっかくだから満喫《まんきつ》させてもらおう。

9章1話　呪いの正体

「本当に速かったなぁ……」

時折休憩も入れつつ、街を避けて飛ぶこと約半日。俺達を乗せたドラゴンは、ギムルの街の北側、街から少し離れた場所に降り立った。遠目に見える街の門が帰ってきたことを実感させてくれる反面、改めてドラゴンの機動力の凄さを感じる。

俺《おれ》が徒歩でテレッサまでたどり着くまでには、一月ほどかかったはず。ランク上げの依頼をしつつの旅だったことを加味したとしても、俺1人ならこんなに早く戻ってこられる距離《きょり》ではない。

飛行機に乗った経験は何度もあるけど、それに匹敵《ひってき》する大きさと速度で飛べる〝生物〟が存在していることが驚《おどろ》きだ。移動や輸送に魔獣が利用されていることにも納得だし、快適さと安心感はドラゴンの方が勝るかもしれない。

あとは……そんな圧倒的《あっとうてき》な存在であるドラゴンは現在、別れを惜《お》しむようにラインバッハ様の胸元《むなもと》に頭をこすり付けている。危険性を忘れてはいけないけれど、こうして見るとなかなか可愛《かわい》い。

「助かった、ゆっくり休んでおくれ」

ラインバッハ様の言葉から一拍《ぱく》おいて、ドラゴンの姿が幻《まぼろし》のようにその場から消えた。

そういえば、あれは召喚術なのだろうか？　少なくとも俺は、従魔術《じゅうまじゅつ》で従魔の召喚ができるとは聞いていないし、見たこともない。

以前、奥様《おくさま》も大きな狼《おおかみ》型の従魔を召喚していたし……でも召喚術は従魔術のように意思の疎通《そつう》もできないらしい。飛行中や先ほどの2人？の様子から、意思の疎通ができていないとは思えないし、スライム魔法《まほう》のような抜け道的な技があるのかもしれない。だとしたら一体どうやっているのか……

「さて、街に向かうとしよう」

「馬車の用意ができております」

そうだった。まだ日も高いし、飛ぼうと思えばもっと先まで飛べたのに、わざわざここで降りたのは呪いの確認、呪われていた場合は解呪をできるだけ早く行うため。もたもたしていたら、それだけ遅《おそ》くなってしまう。

セバスさんが用意した馬車に皆で乗り込むと、馬車は滑《なめ》らかに発進した。ギムルの街の門までなら、10分もあれば着くだろう。

「ラインバッハ様、送って頂きありがとうございます。おかげさまでこんなに早く帰ってこられました」

「リョウマ君には何かと世話になりっぱなしじゃから、遠慮《えんりょ》はいらんよ。それよりも、行き先はギムルの教会で本当に大丈夫なんじゃな？」

「はい、おそらくそれが一番確実かつ、信頼《しんらい》できると思います」

ギムルに帰ってきてやるべきことは色々あるけど、取り急ぎ必要なのは呪いの確認、呪われている場合は解呪だ。また、それらを依頼する相手として提案されたのは、呪術師、祓魔師、教会の聖職者。普通ならこの３択《たく》になるのだけれど、俺には第４の選択肢《せんたくし》がある。

「それはそうだろう……まさか〝神々から神託《しんたく》を受けよう〟などと、普通は考えんぞ」

「神の子だからこそなせる業《わざ》よね……何度も言うけど、絶対にいいふらさないこと。特に教会の上層部に知られると、絶対面倒《めんどう》なことになるからね」

「面倒なことにはなりたくないので、気を付けます」

やがて、馬車が街の門に到着《とうちゃく》すると、北門にはその場で最も高い地位にいる警備隊員が応対に出てきていた。こちらから街が見えたのだから当然のように、北門からもドラゴンの姿が見えていたようだ。

尤《もっと》も、馬車についた家紋とセバスさん、ラインバッハ様、おまけに俺も顔パス状態。そのため門での確認は一言二言で終了《しゅうりょう》。わざわざ彼《かれ》が出てきた意味があったのかは疑問だった。ちょっと申し訳ない気分になるけれど、彼もお仕事だからしょうがないということで……

一応教会に行くのだから、今のうちにできるだけ身なりを整えておこう。体をクリーナースライムで綺麗にして、鎧《よろい》と武器はディメンションホームの中にしまっておく。武装していてはダメというルールはないはずだけど、気分的なものだ。

「リョウマちゃん、そのスライム私にも貸してくれない？」

「もちろんです！」

■　■　■

そんなこんなで、教会に到着。門の前には修道女のベルさんが立っていた。彼女《かのじょ》は公爵家の馬車に驚き、ラインバッハ様達に恭《うやうや》しく頭を下げるが、今日は〝無事に1つの旅を終えられたので、神々への感謝をするために立ち寄った〟ということにして、すぐに礼拝堂に通してもらった。実際、嘘ではない。

礼拝堂の中には先客が数人いたので、邪魔《じゃま》をしないよう静かに入室。隅《すみ》の方の椅子《いす》に座って祈《いの》れば、お馴染みの光に包まれて神界へと意識が飛ばされる。

「ん？」

光が止《や》むと目の前には慣れ親しんだ真っ白な空間。そしてガイン、クフォ、ルルティアの姿があった。最近は他の神々もいたので、３柱だけというのは少し珍《めずら》しく感じる。しかし……それ以上に今日の彼らは変だった。

いつもは穏《おだ》やかな笑顔で俺を迎《むか》えてくれるのに、表情は訝《いぶか》しげだったり、困惑した様子だったり。それ以外にも、なんだか硬《かた》くて重苦しい雰《ふん》囲《い》気《き》が広がっている。俺が何かやらかしたのかもしれないが、向こうも何も話しかけてこない。というか、話そうとしても言葉が出ないという感じだ。

状況がよく分からないけど、意を決して口を開く。

「どうした？　何かあった？」

「何かあったというか、今まさに起きているというか」

「竜馬《りようま》君、何か変な事してない？　妙な気配がするんだけど」

「多分、俺が話したい事がそれかも」

「ならば、まずは竜馬君の話から聞こう」

ガインが話を促《うなが》したので、亡霊の街で起きた出来事を説明し、証拠《しようこ》としてアイテムボックスから魔宝石を内包する岩塊《がんかい》を取り出す。すると話を聞いている間ずっと考えを巡《めぐ》らせていた彼らは、一層表情を険しくした。

「竜馬君、それをこちらに渡《わた》すのじゃ」

今まで聞いた事のない、ガインの重い声色《こわいろ》と命令口調。驚きつつも素直《すなお》に差し出すと、岩塊はひとりでに浮いてガインの手元におさまった。かと思えばガインはそのまま俺から距離を取り、クフォとルルティアも加わって魔宝石を取り囲む。

「悪いけど、ちょっと待っててね」

ルルティアはやわらかい声色でそう言ってくれるが、あまり俺の方に構っている余裕はなさそうだ。邪魔にならないよう、何も聞かずにただその場で静かにしている事しかできない。

……神々のこの反応、やっぱりヤバい代物《しろもの》だったんだろうか……と、ちょっと不安になる。

しばらく彼らを眺《なが》めていると、魔宝石を覆う岩のコーティングが崩《くず》れた。露出《ろしゅつ》した魔宝石を見てさらに表情を険しくし、もはや敵を睨《にら》むような顔になっている。

それから手のひらを魔宝石にかざしたかと思えば、生まれた3つの光が魔宝石を包み始め、やがて大きな光の玉に変わる。この時点でようやく彼らの雰囲気が和らいだので、何か大変な作業が一段落したのだろう。

そして、その予想は正しかったようだ。彼らはいくつか言葉を交《か》わし、クフォとルルティアは光の玉と共にその場から消えてしまった。

「待たせてすまん」

１人残ったガインが俺に向き直って、険しい顔から一転困った顔になる。

「色々と聞きたいこともあるだろうし、こちらも説明しなければならないことが色々とあるんじゃが……まず言うべきは、竜馬君、お手柄《てがら》じゃ。よくあれを我々の下に持ってきてくれた」

「役に立ったならよかった。けど、そう言うってことは、あれはただ呪われた魔宝石ってだけじゃないいんだよな？」

神々のあの反応と今のガインの言葉からして、よっぽど厄介《やっかい》な代物だったのだろう。少なくとも俺は話を聞こうとしただけで、礼を言われる事になるとは思っていなかった。自分がそんな危険物を持っていた事に、今更《いまさら》ながら冷《ひ》や汗《あせ》が流れる。

「うむ、その通り。あれは一言で言うならば、神じゃ」

……反応することもできず、数秒硬直《こうちょく》してしまった。

「ごめん、聞き間違いかな？　神、って言った？」

「言った。念のために言っておくが紙でも髪《かみ》でもない。我々と同じ、神じゃ」

「聞き間違いじゃなかった……なんで神様が魔宝石になって、しかもあんな場所に埋《う》まってるの？」

思わず口から、疑問の言葉が出てしまった。

「それを説明すると少し長くなるが――」

ガインからの説明をまとめると、まず俺が持ってきた魔宝石には、かつてこの世界を襲《おそ》った〝魔王《まおう》〟が宿っていたことが判明。

神と魔王は本来同じ存在であり、神々のルールを破って他の神の世界を破壊《はかい》、もしくは奪《うば》おうとした神の事を区別して、魔神《まじん》とか魔王と呼ぶのだそうだ。人間で言えば、罪を犯《おか》した者が犯罪者と呼ばれるのと同じらしい。

そして件《くだん》の魔王だが……元々はこの世界よりはるかに文明の発展した世界を管理していた神だったが、発展し過ぎた世界の技術を人々が戦争に使った結果、世界そのものが取り返しのつかない程《ほど》に大きな被害《ひがい》を受けてしまった。

神と世界は対《つい》となる存在だそうで、管理する世界を失った神は、新しい世界がなければ次第《しだい》に存在を維持《いじ》できなくなり消滅《しょうめつ》してしまうらしい。普通なら消滅を回避《かいひ》するために、自分の力を削《けず》って新しい世界を生み出すのだが、それは神の力の大半を捨てることに等しい行為《こうい》。それしか方法がない場合の最終手段だとのこと。

それでも世界を発展させていけばやがて力は戻《もど》るので、大多数の神は必要になれば我慢して世界を生み出す。しかし、稀《まれ》に件の魔王の様に、それを嫌《きら》って他の神の世界を奪うという手に出る神がいるのだそうだ。

「事情は分かったけど、魔王は過去の存在で、今はいないと言ってなかったか？　こっちの世界に来る時にそんな話を聞いた気がするんだが」

「うむ、魔王そのものはいない。あれはタチの悪い置き土産《みやげ》じゃよ。おそらく我々が打ち倒《たお》す前に、自身の力と意思の一部にあえて封印《ふういん》を施《ほどこ》すことで我々から隠《かく》し、あの場所に落としていたのじゃろう。魔王の〝欠片《かけら》〟、もしくは〝残滓《ざんし》〟と呼ぶ方が正確じゃな。

流石に魔王が復活するほど力をため込めば隠しきれず、復活前に我々が気づくと思うが……仮に竜馬君があの魔宝石を見つけていなければ、今後もあの場所で魔力《まりょく》を溜《た》め込み続け、数万年後には何らかの強力な魔獣が生まれる可能性が高い。そうなれば世界の環境《かんきょう》、ひいては世界の魔力にも悪影響を及《およ》ぼす結果になるので、本当に助かった」

数万年後というのは気が長すぎてピンとこないが、とにかく放置していい物ではないことは分かった。

「あの魔宝石と一緒《いっしょ》に発掘《はっくつ》された魔石を持ってる人達《たち》もいるんだけど、そっちは大丈夫なのか？」

「それは大丈夫《だいじょうぶ》じゃ。先程《さきほど》調べたが、彼らが持っている魔石はただの魔石。魔王の欠片が力を溜め込《こ》むために集めた魔力が固まっただけで、何も問題はない。問題があるのは竜馬君の方じゃろう」

「……やっぱり何かあるのか」

「欠片でも魔王の力と意思が宿っている魔宝石じゃからな……懸念《けねん》の通り、発見した時に竜馬君は呪いを受けておる。他の４人の分までな」

「そのわりに、何も異変は感じないんだけど」

魔宝石を見つけた直後は悪寒《おかん》、それから若干の思考の乱れはあったけれど、それから今までは何もなかった。呪いも実はちゃんと解けているのではないか？　とも思っていたくらいだ。

「呪い、神様のだから祟《たた》りかな……どっちにしても、どうすれば解呪できる？」

「心配無用。厄介ではあるが、同じ神の力でなら取り除ける。本来であれば我々が対処し、未然に防がねばならなかったこと。儂《わし》が責任を持って処置をしよう。まぁ、まずは一服飲んで落ち着きなさい」

言葉と一緒に、どこからともなくちゃぶ台とお茶が出てきたので、ありがたくいただく。

少し心配にはなったけど、ガイン達が協力してくれるなら大丈夫か。

「相変わらず、理解と納得《なっとく》が早いのぅ」

「神の力を人間がどうこうできるとも思えないし、呪われている実感がないからかな？　明確な症状《しょうじょう》があればまた違ったかもしれないけど」

「そんなものか……それにしても、お主はやたらと運が悪いのぅ……儂の加護と力で運はそこそこ良くしたつもりだったんじゃが」

「この世界に来てから、運は悪くないと思うけど」

「普通の人間は、隠されておる魔王の欠片を見つけたり、呪われたりはせんよ。これ以上の不運は中々ないじゃろうて」

俺の言葉はバッサリと切り捨てられてしまったが、それがおかしくて笑ってしまった。

「じゃあ、よろしくお願いします」

「気を楽にしておいてくれ」

お茶を飲み終えたら、ガインの処置を受ける。ガインが出した診察台《しんさつだい》の上で横になり、言われた通りに力を抜いた。すると段々と思考に霧《きり》がかかったように、意識が遠くなっていく……

9章2話　治療計画

「起きた」

誰だろう……誰かがいる。女の子？　見たことがあるような、ないような……

「起きたというか、起こしたのじゃろう。しかし、まだはっきりとは目覚めてはいないようじゃな」

ガイン……そうだ、治療を受けたはず。どれだけ時間が経ったのだろう……

「む、気分は悪くないかの？」

「ああ……終わったのか……？」

頭がぼんやりとしているが、体調が悪いわけではない。体を起こしてみると、ガインだけではなくクフォとルルティア、さらに先程まではいなかったテクンとフェルノベリア様、までいた。

「テクン、何でここに？」

「ガインが余裕を持って処置できるように、呼ばれたんだよ」

「滞在《たいざい》時間が延びれば、それだけ丁寧《ていねい》に処置できるからな」

ああ！　そうか、ここにいられる時間には制限があったんだ。

「なるほど、ありがとう」

「気にすんなや、ほれ飲め」

そう言ってテクンは酒の入った器《うつわ》を渡してくる。テクンに会うと、毎回、とりあえず酒が出てくるんだよな……

「飲めって、今か？」

「いいからグッといけ」

とりあえず一口飲むと、アルコールとはまた違う、何か体が熱くなる様な感覚がした。

「……何これ？」

「薬酒だ、気付けと精神安定の効果がある。今のお前にゃぴったりの酒だろ？」

「ああ、確かに目は覚めた気がする」

薬酒というからにはお酒なのだろうけど、アルコールは全くと言っていいほど感じない。

それに酔《よ》っ払《ぱら》うというよりも、ミントのような爽快《そうかい》感で、寝ぼけた頭がスッキリした。

そして、ここでようやく気づく。

「そうだ、今見覚えのない女神《めがみ》様が――」

「ここにいる」

「っ⁉」

いつの間にか、背後に少女の姿をした金髪碧眼《きんぱつへきがん》の女神様が立っていた。服装が所謂《いわゆる》ゴスロリ系に近くて表情が読みにくいので、失礼かもしれないがビスクドールのようにも見えてしまう。彼女は……マノアイロア様とメルトリーゼ様のどちらだろう？

「初──」

「話は聞いている。竹林竜馬《たけばやしりょうま》、今回の転移者」

「──はい、その通りです」

「私は死と眠《ねむ》りの女神、メルトリーゼ。よろしく」

「よろしくお願いします」

「では状況《じょうきょう》の説明を」

「ちょっと待て。お前ら初対面だろ」

「ろくな挨拶《あいさつ》もなしに、いきなり話を進めすぎだって」

「彼の情報は既《すで》に聞いている。彼が滞在できる時間は短い。話すべきことがあるのだから、そちらを優先すべき」

いきなり本題に入ろうとしたメルトリーゼ様を、見かねたテクンとクフォが止めた。最初の一言二言は口に出していたが、そのまま3柱は黙《だま》り込む。おそらく神々独自の方法で何かを言い合っているのだろう。声は聞こえないけれど、その様子を見ていると、なんとなく彼女の性格が分かった気がする。

前世の部下にも言葉が率直《そっちょく》すぎたり、言葉が足りなかったりで、〝礼儀《れいぎ》のなっていない失礼な奴《やつ》だ〟と思われていた子がいたし、俺もなるべく気をつけてはいるけどそういうところはある。

……前世の強面《こわもて》でそれをやると、年上には生意気、年下には威圧的《いあってき》と受け取られやすいので苦労した。勝手な印象だけど、メルトリーゼ様もそれに近い感じなのではないだろうか？

「私は貴方ほど気にしない。より正確には気にする相手がいない。でも貴方の認識《にんしき》は概《おお》ね正しい」

あ、口に出してないけど聞こえてた。

「構わない。気分を害したわけではないから。理解が早いのはいいこと。私のことはメルトリーゼでいい。口調も」

「失礼でなければよかった」

「それより話を進める」

「では、まずは竜馬君にかかった呪《のろ》いについて、儂から話そう。結論から言うと、呪いはまだ解けていない」

ガインは苦いものを口にしたような顔をしている。しかし、深刻な状況といった感じではない。黙って続きを待つ。

「厄介なことに、魔法石に宿っていた魔王の欠片のさらに一部が、呪いを介《かい》して竜馬君の魂《たましい》に逃げ込んでおってな……寄生虫と考えれば分かりやすかろう。実際、意思は希薄《きはく》すぎてないも同然。消滅を免《まぬが》れたいという本能で動いた結果、そうなったようじゃ。

呪いと欠片を取り除く事は今すぐにでも可能ではあるが、強行すると君の魂に負担がかかってしまう。そのため、今回は呪いを完全に取り除かずに一部除去。加えて残った呪いを抑《おさ》える処置を行った。

今後も同じ処置を、負担軽減のために一定期間を空けながら繰《く》り返せば、問題なく呪いも欠片も取り除《のぞ》ける。少し手間をかけてしまうが、しばらく定期的にこちらに通ってもらいたい。期間と頻度《ひんど》は状況次第《じょうきょうしだい》で延長も短縮も考えられるが……およそ1年間、毎月1回で12回を目安にと考えている」

「病院に通院するのと同じでいいのかな？　であれば問題ない、というか手間をかけてしまうのはこちらだと思うから、今後ともよろしくお願いします」

「いまのところ、竜馬君の体に影響《えいきょう》が出るようなことはなさそうじゃが……完全に呪いが解けるまでには、いくつか注意してほしいことがある」

病気の治療も、症状や薬によっては生活に制限がかかるものだし、医師の指示に従うものだ。そのくらいはあって当然だろう。

「竜馬君にかけられている呪いは、便宜《べんぎ》上〝孤立《こりつ》の呪い〟と呼ぼうか。効果は〝人間関係の悪化〟じゃ」

「それは、ちょっと厄介だな」

「うむ。この呪いは〝相手が君に持っている悪感情を刺激《しげき》して、増幅《ぞうふく》する〟というもので、本来であれば気にならないような些細《ささい》なことを、我慢《がまん》できないほどに感じさせ、思考を誘《ゆう》導《どう》する。その結果として他人との関係が悪化、周囲から孤立するというわけじゃな」

「……ん？　確認だけど、その呪いはもう俺にかけられているんだよな？　ギムルの教会までラインバッハ様達と一緒に帰ってくるまでの道中、そんな素振《そぶ》りはまったくなかったけど。精々ドラゴンに威嚇されたくらいで」

「それは竜馬君と彼らの間に、既に一定の信頼があったからじゃな。何度も言うが、呪いの原因は魔王の〝欠片〟。使える力も相応に、本来のものと比べて著《いちじる》しく減じている。仮に件の魔王が本来の力で呪いをかけたなら〝自分以外の存在に無条件で徹底的《てっていてき》に嫌われる〟

くらいの設定は簡単にできたじゃろう。まぁ、そんな力があればわざわざ個人に呪いをかける必要もないが」

「なら、具体的にどんな相手に呪いがかかるのか、条件を確認させてくれないか？」

「儂が処置をして抑えた分も加味すると――」

ガインが挙げた条件は、以下の４点。
・対象は人類限定。
つまり魔獣は対象外であり、従魔も影響は受けない。ラインバッハ様のドラゴンに威嚇されたのは単に見慣れない人間だったからか、あるいは呪いの魔力を感じ取って警戒《けいかい》されたのだろう、とのこと。
・相手が自分に対して、何かしらの悪感情を持っていること。
呪いの効果は〝悪感情の増幅〟が主なので、元となる悪感情がなければ、そもそも呪いの影響を受けることはない。数字の０に何をかけても０になるのと同じイメージ。
・悪感情を上回る好感を持っていないこと。
俺に対する好感度が高ければ高いほど、信用されていればされているほど、呪いは効きづらくなる。ラインバッハ様達に呪いの効果がなかった理由。
・相手に〝直接〟、〝認識〟されていること。

呪いの核《かく》というべきものが俺の中にあるため、俺が声をかける、姿を見せる、触《ふ》れるなどして相手の五感に働きかけた場合にのみ効果が発揮される。伝言や手紙など、間接的な方法であれば影響を及ぼすことはない。

……この話を聞いて、俺は思った。

「この呪い、思ったほど大したことないのでは？」

「そう、かのぅ？　竜馬君には辛《つら》いのではないかと思ったんじゃが」

確かに呪いの効果が人間関係の悪化だって言われた時には、ちょっと不安になった。でも無条件にこれまで仲良くなった人との関係が悪くなるわけではないみたいだし、引きこもって人と会わなければ、呪いの意味がなくなるのでは？

それに今は若返ったけど、前世ではオタクで40間近のオッサン、未婚《みこん》、子供なし。幸いにして無職は回避できたけど、偏見《へんけん》の目で見られやすくなるマイナス要素が積み重なっていた。実際に変な疑いをかけられることも多かったし、本来の俺の社会的信用なんて吹けば飛ぶようなもの。

お店の経営はもう任せられる人に任せて、そのための権限も委譲《いじょう》してある。大樹海に行くためにも都合がよかったし、時々手紙とかで連絡ができれば問題はないだろう。

貯蓄《ちょちく》についても不安はなく、1年くらいは余裕《よゆう》で生きていける。前世のように心身を削ってまで働かなくてもいい。仮にお金がなかったとしても、今なら生きていける自信がある。お金の心配がないだけで〝心の余裕〟が段違《だんちが》いだから、それほど深刻に思えないのかもしれない。

「勉強や実験したいことも増えているから、そっちに時間を使っていれば1年くらいは苦にならないいんじゃないかな？」

考えながら、そう結論づけると、神々はそれぞれ納得した様子を見せた。ただ1柱、メルトリーゼ様には、なにか観察されているように感じる。……表情が全くの〝無〟なので、興味がないだけかもしれない。

「竜馬君には、何もなくても3年間も森に引きこもっていた実績があるからね」

「そう考えると謎《なぞ》の信頼感があるな……悩《なや》まないなら、その方がいいけどよ」

「一応、私達より上位の神が、最後の力をふり絞《しぼ》って残した呪いのはずなんだけどね……」

「事を起こす前に発見され、我々の下に持ち込まれたことも含《ふく》めて、あの魔王は運が悪かったとしか言えんな」

そんな神々の声が聞こえるが、おそらく似たようなことをガインも考えているのだろう。少し和《やわ》らいだ雰囲気で、話を続けた。

「引きこもるのであれば、今から余裕をもって半年の間に、もう半年間の為《ため》の準備をしておくことを勧《すす》めるぞ。解呪は君の魂の内側に食《く》い込んでいる欠片を、少しずつ外に引きずり出していくような作業になる。必要なこととはいえ、処置が進むにつれて呪いが表に出やすく、影響も強くなってしまう」

「逆に言えば、今はまだ呪いの影響も弱い、と」

「その通り。本当に人との接触《せっしょく》を断《た》つべきなのは、最後の数か月じゃ。どうしても人前に出る必要があるならば、一時的に魔法で緩和《かんわ》することも可能ではある。もし思い悩むようなら、このあたりを重点的に説明しようと思っていたが……不要だったようじゃな」

ここで、呪いに関する話は一旦《いったん》終わりのようだ。ガインが視線をフェルノベリア様に向けると、2柱の位置が瞬時《しゅんじ》に入れ替《か》わる。そして目の前に出てきた彼は、静かに口を開いた。

「私からは、お前に渡すべき物……違《ちが》うな、返すべき物がある」

何かと思えば、俺が発掘した魔宝石が空中から出てきた。

「返すべき物って、ソレですか？」

「その通りだ」

「魔王の欠片を返されても困るんですが……」

「心配無用、宿っていた魔王の力は抜《ぬ》き取って消滅させておいた。今となってはただの魔宝石でしかない。発見し、採掘《さいくつ》したお前にはこれを受け取る正当な権利がある。使い方を決めるのも自由。だが、売ると騒《さわ》ぎになるだろうから、それは勧めない。杖《つえ》にでもして使うのが無難だろう。迷惑料代《めいわくりよう》わりにとっておくといい」

そういうことなら、持っていて損になるようなものではないだろうし、素直に受け取ってアイテムボックスにしまっておく。

すると、いつの間にか隣《となり》にいたテクンが、俺の肩《かた》に手を回してきた。

「そういや竜馬、魔法の杖は持ってなかったよな？」

「持ってない。一本ぐらい持っておこうかなと、興味が出ていたところだけど」

レミリーさんと出会って伝統の杖の作り方も聞いたから、時間があれば……という程度のふわっとした興味だけど、あるにはある。

「じゃあちょうどいいじゃねぇか！　今の魔宝石を使えばいい。杖本体の素材は、前にエルダートレントの変種の枝を手に入れてなかったか？」

「言われてみれば、確かにある。アイテムボックスの中で、置きっぱなしになってるはず」

そう答えると、テクンは露骨《ろこつ》に不満そうな表情になった。

「もったいねぇなぁ！　素材は加工してこそ意味があるんだぜ？　そういやお前、木工も多少はできたよな？　この際だから自分で作ってみろよ。品質の良い物を作るには木工の技術に加えて材料の選び方や魔力感知、押さえるべきポイントはあるが……なんならこれから治療に来る時に、少しずつ俺が教えてもいいぜ？」

「え、そんなことしていいのか？」

「基本くらいなら別に構わねぇよ。技術は先達から後進へ伝えられ、積み重ねられていくもの。それを見守って、時に後押《あとお》しするのが職人と技術の神である俺の仕事。今じゃほとんどやらないが、昔はそれなりにやっていたことだ。遠慮する必要はないぞ」

テクンはまた酒を呷《あお》りながら、大したことはないというように笑う。実際にそう思っているのだろうけれど、軽い調子で技術の神から直接技術指導を受けられるなんて、相当な幸運。いや、幸運という言葉では表現しきれない。せっかくの申し出だし、ありがたくお願いをしよう。

「だったらお言葉に甘《あま》えて、樹海から帰ってきたらお願いしたいな」

「あ……」

「え？」

いきなりテクンの笑い声が止まる。そして何かを思い出したように、他の神々へ目配せを始めた。他の神々も、メルトリーゼ様以外はどこか気まずそうだ。俺は何か変なことを言っただろうか？

「……時間の無駄《むだ》」

何かを話そうと悩んでいる様子の神々に痺《しび》れを切らしたようで、メルトリーゼ様がポツリと呟《つぶや》いて俺の前へ。彼女の口から出てきたのは――

「竹林竜馬。貴方《あなた》に協力を依頼《いらい》する」

非常にシンプルかつ、詳細《しょうさい》の分からない一言だった。

9章3話　神々の依頼

「つまり、こういうことか」

　メルトリーゼ様の率直過ぎる言葉の後、改めて詳《くわ》しい話を聞いてみたところ、どうやら今の樹海には厄介な魔獣《まじゅう》がいるそうだ。しかも、俺が樹海の中で目的地にしている〝コルミ村の跡地《あとち》〟に。

　なんでもその魔獣は生まれて間もないのに、樹海が生み出す魔力によって進化に近い急成長をした結果として、神々が放置できない力を手に入れてしまったのだとか。仮にその魔獣を放置した場合、将来的に世界のバランスを崩してしまう可能性が高いので、なんとかしなくてはならない。

　こういった場合に神々が取る手段は主に2つ。1つは、神々がその土地を守り、管理する為に配置している〝神獣《しんじゅう》〟に排除《はいじょ》させる。もう1つは神々が直接、神の力を行使して排除する。

　しかし……件の魔獣がいるシュルス大樹海は、フェルノベリア様が神獣を使わない土地の管理方法を模索《もさく》していた〝試験場〟だったようで、1つ目の方法が使えない。

また、シュルス大樹海は世界に満ちる魔力を生み出すための要となる〝聖地〟の一つでもある。フェルノベリア様の実験がこれまで順調に進んでいたこともあって、生み出される魔力量は数ある聖地の中でも上位に入るらしいが……2つ目の方法をとった場合、この聖地が更地《さらち》になってしまうので、それは惜《お》しい。

ガイン達が言うには、神の力は強大すぎて、どんなに力を絞っても周囲に多大な被害を出してしまう。過去に天罰《てんばつ》や神の裁きと呼ばれる力を行使したときには、一発で国が滅《ほろ》びたり、小さな大陸が沈《しず》んだこともあるのだとか。

ちょっと話を聞いただけでも軽々しく使える力でないのは分かるし、神々にとってもできるだけやりたくないのだろう。しかし、何度も言うが放置はできない。

「そこで、ちょうど大樹海へ行く予定がある俺《おれ》に白羽の矢が立ったと」

説明にもあったけど、どうせ樹海には行くのだから依頼は受けてもいい。やることは冒《ぼう》険者《けんしゃ》の仕事と変わらないし、依頼主《いらいぬし》としてもおそらくこの世で最も信用のできる相手だろう。

それに、今の幸せな生活があるのは、神々がこの世界に生まれ変わらせてくれたから。たとえそれが神々の都合だったとしても、感謝はしているつもりだ。少しでも力になれるなら、恩を返せるなら返しておきたい。

だから俺は、迷うことなく協力の意思を伝えた。すると神々は喜びはしているが、同時にまた悩むような、複雑そうな顔になってしまう。

「さっきから一体何にそこまで。魔王の欠片の件よりも悩むことか？」

「こっちも色々事情があってね……竜馬《りようま》君に、というか人間に僕《ぼく》らの仕事を任せてしまうというのはどうなのか？　というところで意見が分かれているんだよ」

「当事者の意見も聞かずに決めるわけにもいかないし、次に竜馬君が来たら中立に近い私達が話をしてみよう、ということになっていたのだけれど……私達が頼《たの》めば、竜馬君はたぶん断らないと思っていたから、聞いた時点で命令みたいになるんじゃないかと」

神々の事情と個々の考え方があるのは理解するけど、個人的にその辺は全く気にしていないんだがなぁ……

「どちらかといえば、俺で対処できる魔獣なのか？　という点が気になる。樹海に行くと決めた時点で危険は承知の上だし、こうして事前に忠告してくれているだけでも十分恵《めぐ》まれてると思うけど、神々が〝厄介〟って言うくらいの魔獣なんだろ？」

「……私は反対だが、成功の可能性が高いことは認めている。この件に関して対処を依頼するのであれば、竜馬以上の適任はいないだろう」

「そう。貴方は件の魔獣に対して、戦闘《せんとう》になった場合の相性《あいしょう》がいい。これは貴方しか頼める相手がいないという意味ではなく、貴方と魔獣の能力を評価しての判断。もし、仮にこの件を貴方がいる国の騎士団《きしだん》や軍に依頼した場合、千の兵を送ろうと、万の兵を送ろうと、ほぼ100％の確率で壊滅《かいめつ》すると予測できる」

千でも万でも無理って、一体どんな魔獣なのか……具体的な能力が知りたい。

「今回、私達が件の魔獣の能力で最も問題視しているのは〝魂の束縛《そくばく》〟。束縛された魂は輪廻《りんね》の輪に戻れない。一部はアンデッドにもされている。死霊術《しりょうじゅつ》に近い」

「あれは術というより本能だが……注意すべき点はまだある。あの魔獣は樹海で生まれる豊富な魔力を汲《く》み取って、自分のものにできることだ。一度に吸収・使用できる量は生産量からすれば微々《びび》たるものではあるが、魔法《まほう》として使う分にはほぼ無尽蔵《むじんぞう》と言ってもいい」

なるほど、魔力無限のネクロマンサーって感じか。その無尽蔵の魔力と束縛した魂を使えば、アンデッドは無限に生み出せる。倒《たお》しても再び作り直せてしまうので意味がない。騎士団や軍とか、数を頼《たよ》りに攻め込んで戦死者《せ》が出れば、そのまま敵の仲間入り……ゾンビ映画かな？　確かに普通《ふつう》の軍隊なら壊滅するかもしれない。でも俺にはグレイブスライムがいる。

「その通り。普通に倒しても魂の束縛は解けず、回収して再利用されてしまう。でも倒さないまま隔離《かくり》ができれば、復活は防げる。そして魔獣をどうにかできれば、魂の束縛も解ける」

「アンデッドはそれからゆっくり片付ければいい……確かに相性はよさそうだ」

「グレイブスライムだけじゃねぇぞ。シュルス大樹海は、強力な魔獣の巣みたいなもんだ。軍隊みたいに大勢がまとまって動いてたら、すぐに魔獣に見つかって狙《ねら》われる。集団じゃなくて少数精鋭《せいえい》の方が動きやすいっつーか、進軍なんてほぼ無理なんだよ。討伐《とうばつ》どころか、目的地に着くまでに壊滅しちまう。そうなるようにフェルノベリアが仕組んでるからな」

「仕組んだとは人聞きが悪い。人間や外来種の魔獣で聖地が荒《あ》らされぬよう、危険かつ生育困難な環境を構築することで、神獣に代わる防衛機能としただけだ」

「やってることは同じじゃねぇか」

僅《わず》かなニュアンスの違いが気になるフェルノベリア様と、全く気にしていないテクンが顔を突《つ》き合わせているが、それを無視して今度はクフォが声をかけてきた。

「と、まぁそんな感じで、この件に関しては軍隊より竜馬1人の方が成功確率が高いって結論になるんだよ。あと挙げるとすれば、竜馬が1人でやるってことかな？　問題への対処を人間に任せたことは何度かあるけど、神託《しんたく》を受けた人間が〝神のご意思だ！〟とか言って滅茶苦茶《めちゃくちゃ》やることが少なくないからね」

「個人じゃなくて集団になると、さらにその傾向《けいこう》が強くなるし、私達を大義名分にして私利私欲を満たすことに走る人間も出てくるから困るのよね……協力しない、できない人間を大罪人扱《あつか》いしたり、他国の侵略《しんりゃく》を始めたり。

私達はそんなことをして欲《ほ》しいなんて思ってないのだけれど、私達の頼みが原因でそういうことが起こってしまうのは嫌《いや》だから……竜馬君みたいに〝用があるからついでに行くよ〟ってくらいの気持ちの方が、ある意味安心できるわ」

「そもそも我々は、人間に崇《あが》めろと頼んだ覚えはないんじゃがな……無論、馬鹿にされたり粗末《そまつ》に扱われたりしたいわけではないし、今更イメージを崩すのもどうかと思うので、神託ではそれらしい態度を取っているがな」

なんというか、神々にも色々と柵《しがらみ》があるんだな……

「とにかく、その依頼は引き受けるよ」

「本当にいいの？」

「？」

相変わらずの無表情でメルトリーゼ様が聞いてくるが、確認《かくにん》だけでなく〝断らないのか？〟と言われているように感じる。俺の意思は最初から変わっていないし、俺への依頼に強く賛成していたという彼女《かのじょ》にとっては、その方が都合がいいと思うのだが……

「私達には都合がいい。でも、貴方にとっては危険が増える。ここまでの情報を聞いてから断っても、樹海に行くことそのものを止《や》めるという選択肢《せんたくし》もある。そうしたとしても、私達は貴方を咎《とが》めない」

これは、心配してくれているのかな？

「少なくとも、神様の依頼を断るのが怖《こわ》いから受けよう、とは思ってないよ。俺が嫌だと言えば認めてくれるだろうとも思ってる。でも、断るつもりはない。神々にはこの世界に転生させてもらった恩もあるし、少しでも力になれれば俺としても嬉《うれ》しい」

「……協力に感謝する」

「!!」

感謝の言葉が聞こえたとほぼ同時に、彼女の体から闇《やみ》が溢《あふ》れた。それは声を上げる間もなく俺の体、首から下を包み込む。嫌な気配は感じないものの、突然《とつぜん》のことに身構えてしまう。そこへ飛んできたのはクフォの声。

「大丈夫だよ竜馬君！　それ加護を与《あた》えてるだけで無害だから！」

「あ、ああ、加護か」

こんな加護の貰《もら》い方したことなかった……というか、これまでは気づいたら貰っていたから分からなかった。

「ありがたいけど、なんで突然《とつぜん》俺《おれ》に加護を？」

「人間は依頼に前金や報酬《ほうしゅう》を支払《しはら》うもの。死と眠りの神である私の加護があれば、若干《じゃっかん》ではあるけれど闇魔法《やみまほう》や呪い、瘴気《しょうき》に対する耐性《たいせい》を得られる。魔王の呪いを抑える一助にもなり、件の魔獣と戦うときにもあって損はない。だからこれは前金代わり。成功報酬は別《べつ》途《と》用意する」

それは本当にありがたい。仕事がやりやすくなるだけでなく、呪いも抑えられるなんて、これが報酬全部でもいいくらいだ。依頼1回で神様の加護が貰えるなんて、気前が良すぎるのではないだろうか？

「そこまで強力なものではない。気休め程度。油断は禁物」

「人間は我々の加護をありがたがるが、我々にとっては大したものではない。遠慮《えんりょ》なく受け取っておけばいいだろう。それから成功報酬は私が用意する。問題が起きているのは私が管理する聖地だからな。希望があれば聞くが、どうする？」

「希望……特に思い浮《う》かばないので、フェルノベリア様にお任せします」

「答えを急ぐ必要はないが、分かった。こちらで見繕《みつくろ》っておくとしよう。これで最低限の話はできたか？」

「そうじゃな。しかし、まだそれなりに時間はあるので、もう少し呪いや魔獣について詳しい話をしておこう」

　こうして俺は滞在できる時間ギリギリまで神々と話し合い、神界を後にした。……光に包まれながら見えた神々の雰囲気《ふんいき》は、来たときよりもだいぶ穏《おだ》やかになっていた気がする。その理由が、俺が依頼を受けたことで少しでも安心できたためというなら、それだけでも受けてよかった。

9章4話 次に向けて

意識が肉体に戻《もど》り、ちらりと横へ目を向けると、その視線に気付いたのだろう。横でそれぞれ祈《いの》っていたラインバッハ様達《たち》が、こちらに目を向けた。事前に神託を受けることは話しておいたので、それだけで終わったと理解できたのだろう。

それから不自然にならないように皆《みな》さんがお祈りをした後、速《すみ》やかに礼拝堂から退出。再び馬車に乗り込んで、洗濯屋《せんたくや》に向かってもらう。その間に呪いの詳細を説明。ただし、魔王《まおう》については余計な不安を煽《あお》りかねないので省いておく。

「なんと、神々が直々に呪いを解いてくださるとは」

「神の子だということを知っていなければ、信じられん話だな。神の子だからこそなのか、それともそれほどに神々に愛されているからこそ、神の子と言われているのか……」

「どちらにしても、呪いが解けるなら安心ね。懸念があるとすれば、それまでの間だけど、そのあたりについても対処のしようがあるという話だし」

「そうですね。あまり心配する必要はないと思います」

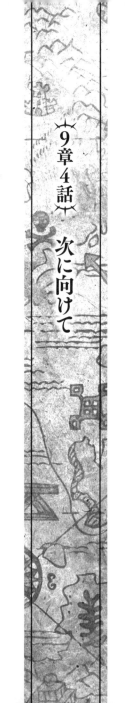

とりあえずこのまま店に向かって、着いたらカルムさんに軽く状況説明。いきなりのことだから向こうも困るだろうし、俺も今日はなるべく親しくない人の前には出ない方が無難らしいから、無事と事情を伝えたらすぐに家に帰るつもりだ。

臭《くさ》いものに蓋《ふた》をして臭《にお》いが漏《も》れなくなっても、一度漏れてしまった臭いがしばらく残るように、今の俺にもガイン達に処置をしてもらう前の〝残り香〟的なものが若干はあるのだとか。

「神々がそう仰《おつしや》るのであれば、そうすべきじゃろう。しかし、店に入れば大丈夫《だいじょうぶ》と言えるのか？　以前よりも繁盛《はんじょう》して、店の従業員も増えているのじゃろう？」

「確かにそうですね……1号店の開店から働いてくれている人達なら、まず問題ないでしょうけど、今年になってから入った人も結構います」

前から忙《いそが》しい時に短時間、パートタイムで働いてくれる方を雇《やと》うこともあったけど、現在はもっと先を見据《みす》えての人材育成中で人が増えている。カルムさんに店長の役職と権限を委譲してからは、店に顔を出すことも前と比べれば減った。

もちろん、雇うときには経歴などを確認して面接もしたし、変な人材は極力省いたつもりだから、信用できないというわけではない。ただ開店時からのメンバーと比べると、どうしても人間関係は希薄と言わざるをえないので、不安要素はある。

「お店となると、お客さんもいるでしょうしね」

「言われてみれば、ちょうどこの時間帯が一番混む時間帯です。店の外まで列が続いていたら、降りる時には不特定多数に見られそうですね」

「教会でこんな話をするわけにもいかんから、とりあえず馬車を出したが……店に向かうのはやめた方がよかったたか？」

「いえ、僕の無事を伝える必要はありましたし、呪いの件を説明するなら元気な姿を見せた方が安心だと思いますから。……ハイドの魔法でも使ってみましょうか？」

「リョウマちゃんの呪いは、相手に知覚されることが発動条件なのよね？　あれは気配を隠《かく》す魔法だから姿は見えるし、効果は薄《うす》いと思うわ」

「……そこまで難しく考える必要はないのではないか？　体を隠して入り込《こ》むくらいなら、わざわざ魔法を使わなくとも可能。それよりも呪いに限らず、なるべく周囲に悪印象を抱《いだ》かれないようにすることを考える方がよかろう」

　こうして、自然に協力してくださる皆さんと相談しながら馬車に揺《ゆ》られ……やがて店の敷地《しきち》内《ない》にある空き地に到着《とうちゃく》。

「お、おい、あの馬車」

「あの紋章《もんしょう》、公爵《こうしゃく》家の紋章だよな。なんでこんな店に」

「お？　あんた最近この街に来たのか？　この店は公爵家御用達《ごようたし》で有名だよ。なんでも店長が公爵様と親しいんだとかで」

予想の通り、店は混雑していたようで、伸《の》びた列が空き地の前まで届いていた。列に並んだお客様達の驚《おどろ》く声が外から聞こえてくる。

「よし、出るぞ」

「お願いします」

「すみません！　通してください！」

シーバーさんが動いて、揺れを感じたのと同じタイミングで外から聞こえた声は、聞き慣れた男性のものだった。

「むっ？」

「っ!?」

「おお！　見覚えがある顔だと思えば、ヴェルドゥーレの倅《せがれ》ではないか」

「はっ！　騎っ、元騎士《きし》候補生のユーダム・ヴェルドゥーレであります！」

どうやら2人は知り合いだったようだ。元騎士団長のシーバーさんと、騎士を目指していたユーダムさん。2人の経歴からすると顔見知りでも不思議ではない。

……というか、ユーダムさんは過去に受けた訓練の名残《なごり》が出たのか、背筋を伸ばし胸に右拳を当てた状態で直立不動。表情も硬《かた》い。騎士になる道を途中《とちゅう》で捨てたから、気まずいのかもしれない。

「ガルダック卿《きょう》におかれましては――」

「そこまでだ。私は既に騎士団長を辞した身。貴殿《きでん》も騎士ではない道を選んだのだろう？　自信を持って、今の己《おのれ》の職分を果たせばそれでいい。案内を頼む」

「――失礼いたしました！　それではご用件を承《うけたまわ》りますので、こちらへお越《こ》しください」

シーバーさんも彼《かれ》の心中を感じ取ったのか、気遣《きづか》う言葉をかけていた。そして、視線がこちらへと向く。

「そちらのお荷物をお持ちしましょうか」

「ああ、これはだな」

「ユーダムさん、聞こえますか？　リョウマです」

「店長さん？」

俺が呼びかけると、緊張《きんちょう》していたユーダムさんが目を丸くしたが、無理もない。呪いの影響を抑えるためとはいえ、出かけていた知人が箱に詰められた状態で帰ってきたら、誰《だれ》だってそうなるだろう。

しかも、その箱を運んでいるのは元騎士団長という超偉《ちょうえら》い人。騎士を目指していたユー

ダムさんなら、よりその驚きは大きくなるかもしれない。

「出先で呪いを受けてしまいまして。体と健康状態は問題ないのですが、人前に姿を見せるのは控《ひか》えたいのです。応接室、いや、地下の方に皆さんを案内していただけますか。人数も多いですし、あちらの方が落ち着いて話せると思うので」

「了解《りょうかい》」

おそらく聞きたいことは色々あると思うけど、ユーダムさんは指示に従って地下の特別室に案内を始める。また、彼は外に出てくる前に受付で連絡《れんらく》を頼んでいたらしく、途中で店長になったカルムさんも合流。２人にまとめて事情を説明する。

「……経緯《けいい》は理解できました。呪いについては、今日一日を注意しておけば問題ないのですね」

「私がかけた魔法の性質上、どうしてもそうなってしまうわね」

カルムさん達には、レミリーさんが俺の呪いに対処してくれていると伝えた。２人も信用できるとは思っているけれど、神々が呪いを解いてくれることを話すのであれば、必然的に俺が神の子であることも話さなければいけない。

話したとしても信じてもらえるかはまた別問題だし、俺が神の子であることを知る人間は極力少なくしておいた方が無難だ、という意見は大人組とも一致《いっち》したので、こういう形で伝えることになった。口裏を合わせてくださっているレミリーさんには感謝である。

「解呪は難しいとの事ですが、仕事や生活に影響が少ないのは幸いですね。遅《おく》れましたが、ご無事でなによりです。お帰りなさい」

俺を心配してくれたカルムさんは、何度かレミリーさんへの質問を重ねて、一安心したようだ。険しくなっていた表情を緩《ゆる》めてくれる。

「ただいま帰りました。最後はちょっと失敗しましたが、無事にCランクの冒険者になれましたし、実りの多い旅でした。詳しい話は今後の打ち合わせも兼《か》ねて、また明日以降にと考えていますが、大丈夫でしょうか?」

「いくつか確認させていただきたいことはありますが、緊急性《きんきゅうせい》はありません。オーナーはまずご自分のことを大切にしてください。本音を言えば、大樹海に向かうことも延期してはどうかと思うのですが……変更《へんこう》はしませんね」

流石《さすが》、もう俺の行動パターンを理解してくれている。

「前々から決めていたことですし、延期は既《すで》に何度もしていたようなものですから。カルムさん達が居てくれるので、安心して店は任せられますしね」

「引き止めはしませんが、出立はいつごろを考えていますか?」

「そうですね……万全《ばんぜん》を期すために少し体を休めて、その間に食料の補充《ほじゅう》や防具の整備。

今回採取した常闇草《とこやみ》を虫除《むしよ》けに加工しないといけませんし、関係各所との打ち合わせも含めて1週間……長くとも2週間以内には出ようと考えています」

「かしこまりました。その予定で、こちらも諸々《もろもろ》の調整を行います」

「よろしくお願いします」

こうして無事の報告は終了《しゆうりよう》。その後は再び箱に入って運び出してもらい、街の北門へ向かう。門までの道中では、俺の店のことが話題に上った。

「話には聞いていたが、本当に以前より繁盛しておったのぅ」

「ラインバッハ様が最後に見たのは、まだ開店間もない頃《ころ》ですよね？　あの頃と比べれば、実績が出せましたから」

あの時も開店したばかりの割に繁盛していたと思うけど、あの頃はまだ固定客が少なく、物珍《ものめずら》しさで試《ため》しに来た人も多かった。でも今はそんなお客様が常連さんになってくれて、彼らが良い評判を広めてくれた。

「本当にありがたいことです」

「お店の雰囲気も良かったし、店長さんも若いけど優秀《ゆうしゆう》そうだったわね」

「カルムさんですね。彼はモーガン商会の会頭から直接紹介《しようかい》を受けた方ですから。商売の知識と経験、経営能力に関しては確実に彼の方が上だと思いますし、僕も安心してお店を任せられています。もちろん、他の従業員の皆さんにも助けられていますが」

「ヴェルドゥーレの倅も、あれは優秀な男だったからな。馴染《なじ》めていれば役に立つだろう」

そうだ、シーバーさんはユーダムさんのことを前から知っていたらしい。店ではタイミングがなかったけれど、そのことが気になっていた。

「私とヴェルドゥーレの倅の話か？」

「はい、やっぱりユーダムさんが学園の騎士科にいたからですか？」

「顔を合わせたのは、そうだな。騎士科の生徒は卒業後、そのまま騎士団の訓練施設《しせつ》に入ることがほぼ確定している。だから騎士団でも将来の入団を見越《みこ》して、訓練の視察や面談を行う。それで何度か見たことがあった。

尤《もっと》も、入団前から顔まで覚えているのはごく少数だ。入団した者ならともかく、候補生の段階だと脱落《だつらく》するものも多く、数もまた多すぎるので、どうしてもな……彼を覚えていたのにはいくつか理由がある。まず1つは彼の父親が私のよく知る人物だったからだな」

ユーダムさんの父親。確か宮廷《きゅうてい》庭師という役職に就《つ》いているという話だし、接する機会が多かったのかな。と、思っていたら。

「思い出したわ。それって宮廷庭師の子でしょ。昔よく陛下が勉強をサボって逃《に》げ隠れしていた庭を管理していた」

「サボって、逃げ隠れ?」

「そうなのよ。あの子って今はだいぶ落ち着いたけど昔はヤンチャだったし、逃げ隠れだけが異様に上手《うま》いのよ。それで教師や護衛の騎士を振《ふ》り切って、庭に隠れたり街に下りたりしてたの。もう、その度《たび》にお城は大騒《おおさわ》ぎだったわよ」

「ええ……」

なにそれ、王族がそれはいいのか? というか騎士を振り切るって、王様が凄《すご》いのか騎士が悪いのかどっちなん……いや、逃げ隠れだけが異様に上手いというのなら、騎士は普通なのか?

「……懐《なつ》かしそうに過去を振り返っているところ悪いが、あれはお前も原因だと当時を知る者は思っているからな、レミリー。もちろん私もだ。お前が陛下の幼い頃に、魔法の教師としてハイドの魔法を教えなければ、もう少しマシだったろうに」

あ、レミリーさんが指導したんだ。それなら納得《なっとく》、か?

「私もあそこまで使いこなすとは思わなかったけど、私は指導者としてできることをしたまで。ハイドだって万が一の時には役に立つでしょうし、問題が起きた場合に心身に悪影《あくえい》響《きょう》がない魔法を選んだ結果なのよ? ちゃんと仕事をしたのに文句を言われても困るわ」

「分かっているが、文句も言いたくなる……とにかく、そういう切《き》っ掛《か》けで私と彼の父親は出会ったわけだ。

あとは、彼が騎士団に入らなかったこと。先ほど言った通り、騎士科を出た者は騎士団に入る。運悪く病気や怪我《けが》で辞退する者もいないことはないが、そういった事情がない限り辞退という選択《せんたく》をする者はまずいない」

「将来が約束されていたようなものなのに、それを捨てるなんて、という感じですか」

「そういうことだ。どこに行くかは個人の自由だが、私個人としては、騎士団にほしい人材だったのだがな……」

おや？　シーバーさんから見て、ユーダムさんは高評価だったようだ。

「本人は自分のことを、評判があまりよくなかったと言っていましたが」

「ああ、女好き、軽薄《けいはく》、不真面目、色々と言われていたことなら私の耳にも入っている。学友の間では顰蹙《ひんしゅく》を買いがちだったそうだな。しかし当時の彼の担任、怪我で退役《たいえき》した私の後輩《こうはい》は、彼を〝周囲に目と気を配れる人間〟と評価していた」

シーバーさん曰《いわ》く、騎士科には優秀な貴族の子女が集まるが、所詮《しょせん》は学生であり、子供。毎日厳しい訓練を重ね、常に好成績を求められ、成績が一定を下回れば除籍《じょせき》される。そこに周囲の目や家族からの期待なども背負っていると、どうしても視野が狭《せま》くなりがちになり、心に余裕《よゆう》がない者が増えがちになるとのこと。

「人間、適度な息抜《いきぬ》きは必要だ。度を越していれば話は別だが、彼は女性よりも根を詰めすぎている同期を遊びに誘《さそ》うことが多かったらしい。尤も、そういった状態で誘いに乗る同期は少なく、逆に罵声《ばせい》を浴びせられていたそうだ。

……日々の訓練や課題だけで精一杯《せいいっぱい》の相手には、気遣いを気遣いとして受け取れない者が多かったのだろうな。遊ぶ余裕があることは、不真面目な証拠《しょうこ》ではないというのに、まったく」

「視野狭窄《きょうさく》に陥《おちい》った人間ほど、口で言ってもそう簡単に休もうとはしないわよね〜」

レミリーさんの暢気《のんき》な言葉が、ちょっと心に刺《さ》さった……

「そういう事情もあったんですね」

「うむ。女性との関係は、少なくはなかったようだが……不誠実な付き合いやそれによる問題を起こしたという話は聞いていない。

そもそも学園の騎士科は心身ともに未熟な子供を、騎士団の訓練に耐《た》えうる程度まで鍛《きた》える、いわば下地を作るための場所だ。騎士になるまでの通過点の1つでしかなく、生徒はあくまでも〝候補生〟にすぎない。だから騎士科卒業と入団には高潔な精神よりも、基《き》礎《そ》能力や国と王族への忠誠心の方が重視される。

〝騎士科を卒業できれば将来安泰《あんたい》〟と考えている者は、生徒にもその親にも多いが、実際は卒業と入団から最低でも2年〝騎士見習い〟として訓練漬《づ》けの毎日を送ることになるのだから、大体の問題はこの段階で矯正《きょうせい》される。さもなくば次の〝従騎士〟にもなれず、堪《た》えかねて脱落していくのみ。

さらに〝正騎士〟となるには従騎士として多くの実務経験を積み、直属の騎士を含《ふく》む複数の騎士から推薦《すいせん》を受けなくてはならない。私の知る限りで噂《うわさ》を聞いた騎士の多くは、騎士科の訓練程度は軽くこなして遊ぶくらいで丁度いい、その方が見込《みこ》みがあると笑っていたぞ」

騎士の考え方や仕事の苦労は俺には分からないけど、現役《げんえき》の人から見れば学生の訓練なんてまだ甘いと感じることは、そうだろうなと腑《ふ》に落ちる。でも、ユーダムさんのクラスメイトが嫉妬《しっと》や不満を覚える気持ちも、分からなくはない。

「良かれと思ったことが裏目に出る。たとえ親切心からの行動でも、理解されるとは限らない……人間関係は難しいですね」

「うむ……結果として、彼は新たな道を見つけて旅立ってしまった。周囲との軋轢《あつれき》も一因ではあるが、視野の広さ故《ゆえ》に騎士の道に固執《こしつ》することもなかったのだろうな。今は元気にやれているようで何よりだ」

「その点に関してはご心配なく。うちで働いてもらっているので、食事や休養はもちろん、僕や他の警備担当者と日々腕《うで》を磨《みが》いていますから」

「ほう？　なら次は今の腕前《うでまえ》を試して、いや、暇《ひま》を見て鍛えてみるか？　どうせこちらに移り住むのだから、時間もある」

え？　移り住むって、シーバーさんがギムルに来るの？

「あら、話してなかったかしら？　私とシーバー、２人とも王都からこっちに来ようかと思ってるって」

「初耳ですが」

「リョウマ君が寝《ね》ている時に話がまとまったからではないか？　ほれ、常闇草の採取が終わった日の夜、ぐっすり眠《ねむ》っておったじゃろう」

そうか、夜の見張りを引き受けてくださって、しっかり寝ていたから。あの時にそんな話があったとは知らなかった。

「私もレミリーも既に退役した身だが、名前と顔が売れていて王都では気楽に街を出歩くこともできない。今後は冒険者として活動することを決めたのだから、いっそどこかに移り住もうという話になったわけだ」

「どこに行っても騒《さわ》がれはするだろうけれど、王都より人が少ないだけマシになるでしょう。それに、リョウマちゃんの呪《のろ》いがどうなるかも気になるし、私がいた方が色々と口裏も合わせやすいでしょ？」

それは、その通りだ。先ほど店で説明した時もそうだったけど、元宮廷魔導士《きゅうていまどうし》という肩書《かたが》きを持っているレミリーさんがいてくれると、それだけで説得力が増す。

「助かりますが、いいのでしょうか……」

「遠慮しなくていいわよ。リョウマちゃんも言ってたけど、呪いが解けるまではたった1年なんでしょ？　その程度、ダークエルフの寿命《じゅみょう》からしたら一瞬《いっしゅん》。それに私は一応あなたの魔法の師匠《ししょう》なんだから、弟子《でし》の手助けくらいするわよ」

「……ありがとうございます！」

それしか言えることがなく、勝手に頭が下がってしまう。何かお礼ができないだろうか？

「利害の一致があっただけだ。気にすることはない」

「解呪は神々におすがりするわけだし、私も同行者かつ年長者として多少の監督《かんとく》責任を感じているから別にお礼はいらないけど……そういえばリョウマちゃん、私を師匠って呼ばないわよね。最初に決めたのに」

「言われてみれば、すっかり忘れてましたね」

「もしくはお姉ちゃん、はい復唱！」

あ、これかもしれない……これを言われて流石にお姉ちゃんは恥《は》ずかしい、と思ったきり頭の中から吹《ふ》っ飛んでいた。というか、再度促《うなが》されても恥ずかしい。しかし、直前に感謝してお礼がしたいと言った手前、断るのもどうか……

「せめて〝姉さん〟にしてもらえませんでしょうか」

「ん～、リョウマちゃんもお年頃《としごろ》だし、無理強《むりじ》いするのも悪いわね。それでいいわ」

こうして、俺はレミリーさんをレミリー姉さんと呼ぶことになった。だがその直後、

「そこは悩《なや》まず、師匠でよかったのではないか？」

「うまく乗せられたな」

ラインバッハ様とシーバーさんの囁《ささや》きで、自分の交渉《こうしょう》失敗に気づくが、時既《ときすで》に遅《おそ》し。それから俺は北門に着くまでの間、おもちゃを見つけた子供のような目をしたレミリー姉さんに絡《から》まれるのだった。

9章5話 出立前の準備と交流

翌朝

野営を苦痛とは思わないけれど、やはり自分の家は落ち着く。一晩ゆっくり休んで、今日からは予定通り、大樹海の探索《たんさく》を万全にするための準備を行う。

一応、大樹海の中には素材を採取するために冒険者が作った拠点《きょてん》が点在しているらしいが、だからと言って準備を疎《おろそ》かにしていいことはない。まずは今回の旅で……というよりシーバーさんとの試合で破損した鎧《よろい》の修理を頼みに、ディガー武具店を訪ねる。

「すみませーん」

店内に人の姿がなかったので、奥《おく》に向かって声をかける。すると、のっそりと店主のダルソンさんが出てきた。

「おう、無事に帰って来やがったか」

「はい、おかげさまで」

「試作品の調子はどうだ？　なにか問題はないか？」

「性能に問題はありません。今日は鎧の修理の依頼《いらい》にきました」

「修理？　ヘマやったのかよ」

修理と聞いて、そんなことを言い出すダルソンさん。

「道中で知り合った方と腕試《うでため》しをしまして」

「ああ、腕利《うでき》きとやりあったのか」

「はい。今回の旅では、僕もまだまだ未熟だと思い知らされましたよ」

「相変わらず子供らしくない奴《やつ》だな、お前は。まあいい、鎧を見せてみろ」

アイテムボックスから壊《こわ》れた鎧を取り出すと、ダルソンさんは興味深そうに鎧を見て呟く。

「ほう……随分《ずいぶん》腕の良い奴だったんだな。相手の得物は槍《やり》か何か、その辺の武器だろう。そんでそいつは魔法も使う。おそらく風だな」

「そこまで分かりますか」

「この商売を長くやってりゃ、ある程度は傷で判断できるようになるさ。にしても、見事にやられたな……ハードリザードの皮をここまで綺麗《きれい》に貫《つらぬ》く奴は中々いねぇぞ。腹の方もスッパリ切《き》り裂《さ》かれてる。相手は有名な奴か？」

「有名だと思います。シーバー・ガルダックという人で――」

なんと言っても元騎士団長だから、と言い切る前に、ダルソンさんが鎧に向けていた視線をはね上げた。

「先代の騎士団長じゃねぇか⁉　何でそんな大物とやり合ってんだよ⁉」

「たまたま旅の目的地が同じでして、成り行きで」

「はー……まぁ、騎士団長が相手なら納得だ。そういや昨日、お前の店に先代の公爵様と騎士団長が来たって話を聞いたが本当なのか？」

「事実ですよ。出先でたまたまお会いして、ドラゴンで送っていただきましたから。昨日のうちに公爵家に向かわれましたが、確かにこの街と僕《ぼく》の店には来ていました」

丁度いいので、今回の旅で起きたことを説明する。

「はぁ～、そりゃまた妙《みょう》な巡《めぐ》り合わせというか、しっかり〝冒険者《ぼうけんしゃ》〟やってるな。呪われちまったもんは仕方ねぇし、俺《おれ》らも昔は無茶《むちゃ》もした覚えがあるからあまり強くは言えないが、気をつけろよ」

「自分でも今回は運がよかったと思います。少し落ち着いたら、この機会に解呪の魔法の腕も磨いておくつもりです」

「おう、できるならその方がいいぞ。あと、なんかあったら声をかけろよ。俺じゃ解呪には協力できねぇが、今のところ何も感じてないからな。相談に乗るくらいはできるだろ」

「ありがとうございます。ダルソンさんには、引き続き装備開発をお願いしている職人さん達との橋渡《はしわた》しをお願いしたいと思っています。街を出ていることも増えますし、呪いの性質的にも助かりますから」

「それなら任せておけ」

「よろしくお願いします。あ、ちなみに近々、先ほど話した騎士団長《きしだんちょう》と宮廷魔導士《きゅうていまどうし》のお2人がここに来ると思いますので、その時はお2人と相談の上で試作品を提供してください。費用は――」

「ちょっと待て」

驚愕《きょうがく》したダルソンさんが、若干血走った目でこちらを見ている。

「お前、今、ガルダック卿が来るって言ったか？　うちに？」

「えっと、さっき話した通り行動を共にしていまして、その間に装備の話を少々。試用の協力と製品化した場合の宣伝にもなると思って紹介したのですが、ダメでし――」

「ダメじゃねぇ！　全然ダメじゃねぇぞ！」

うぉっ、食い気味に否定された。問題ないならいいけれど、この反応。

「もしかしてダルソンさん、シーバーさんのファンだったり？」

「当たり前だろ！　俺らの世代の男は、ほとんどの奴が憧《あこが》れていた。俺らが若いころはガルダック卿もまだ騎士団長じゃなくて、国中を飛び回っては数々の武勇伝を打ち立てていたからな。

現役時代、Sランクになった時に一度だけ会ったこともあるんだが……式典やらなんやらもあったし、ガラにもなくクソ緊張してろくに喋《しゃべ》れなかったことだけは覚えている」

あらら、これは結構ガチなファンのようだ。まぁ、問題ないならよかった。

「それなら昨日のうちに寄っていればよかったかな……」

「いや、いきなり来られても、前の二《に》の舞《まい》になる。事前に教えてもらった方が助かる」

「そうですか。では次回、頑張《がんば》ってください」

「……分かった。こっちとしても、騎士団長が利用した店って箔《はく》がつく。満足してもらえるよう、いつも以上に気合を入れて応対してやるぜ」

胸を叩《たた》いてごつい笑顔《えがお》を見せたダルソンさんは、ここで何かを思い出したように口を開く。

「そうだ、防具職人達から1つ要望があったんだ。防刃《ぼうじん》インナーやクロースアーマーに使っている布なんだが、ただスライムの糸を使うだけじゃなくて、織り方の研究もしてみたいという話が出てる」

「素材ではなく、生地《きじ》の作り方の研究ですか。個人的に挑戦《ちょうせん》は歓迎《かんげい》です。資金に関しても出せます。ただ、気持ちだけで計画性がないのであれば、大金は投じられませんよ」

「まだそこまでの段階じゃないが、北方の一部地域にある〝ストリス織り〟という織物について調べてみたい、可能であれば職人を取り込みたいんだと」

説明によると、その織物は寒さの厳しい北方の冬に耐えるために分厚く、やわらかく、頑丈《がんじょう》に作られている。色彩《しきさい》にも富んでいたために、昔はその地域の貴族が戦場で用いる軍旗や戦装束《いくさしょうぞく》に活用していた織物だそうだ。

しかし、その織り方は独特かつ複雑で製作に手間と時間がかかるなどの問題も多く、後《こう》継者《けいしゃ》不足も重なった結果として、今ではほとんど作られておらず職人も数少ないのだとか。

「喪失《そうしつ》する一歩手前の技術というわけですか……それだとその地域の貴族が技術の保護とか、職人の囲《かこ》い込みをしていないかが気になりますね。下手に引き抜《ぬ》こうとすると何が起こるか分かりませんから、公爵家にも確認《かくにん》を取ります。とりあえず保留で」

「分かった、そう伝えておくよ。仮に指導を受けられるという話になっても、技術が身につくには長い時間が必要になる。あいつらも今すぐに結果に繋《つな》がるとは思ってないだろうし、参考にできるならしたいってとこだろう。よその技術が気になるのも、職人の性《さが》ってやつだからな」

「確かにそうですね」

俺もスライムや魔法《まほう》について気になったら知りたくなるし、気持ちは分かる。

「っと、お前の装備の話が途中だったたな。こいつはどうする？　修理もできるが、ぶっちゃけ新しいのに買い換《か》えた方が安いぞ。試作品に問題ないなら、そっちも使えるだろうしな。その場合は処分もこっちでやっておくが」

「修理をお願いします。１年ですが、使い続けて愛着もあるので。使わなくても綺麗にはしておきたいですから」

「分かった」

「おいくらになりますか？」

「そうだな……小金貨４枚だ」

「では、これでお願いします」

アイテムボックスからお金の入った袋《ふくろ》を出して、支払いを済ませる。

「まいどあり。受け取りは３日後だ」

「分かりました。ありがとうございます」

さて、次はうちの店に行こう。

■　■　■

店に向かうと、今日も人が絶え間なくやって来ては帰っていく様子が目に入る。お客様達に挨拶《あいさつ》をしながら、裏口に回って店内へ入る。そこには既にカルムさんが待ち構えていた。

「お待たせしましたか？」

「いえ、時間通りです。呪いのことがありますので、念のために出迎《でむか》えた方がいいかと思っただけですので」

「そうでしたか、ご心配ありがとうございます」

「では行きましょうか」

カルムさんと共に執務室《しつむしつ》に向かい、留守中の報告を受けた。しかし大きな問題はなかったようで、小さな問題もほとんどは対応が済んでいる。任せる身としては安心だ。懸念《けねん》があるとすれば、新しく雇用《こよう》した従業員の勤務態度くらいだろう。

それにしたって現時点では少しばかり〝気の緩み〟が見られる人がいる、という程度だ。油断して放置するのはよくないが、深刻な問題ではない。むしろ、自然な話だ。

「この店はまだ開店から1年程度と歴史は浅いですが、昨年末の件ではオーナーの活躍《かつやく》、そして、公爵家が力を入れて援助《えんじょ》をしていることが誰の目にも明らかになりました。従業員の待遇《たいぐう》もいいですし、店としての信用が跳《は》ね上がった結果、無意識に〝ここに雇われれば安泰〟という意識が生まれつつあるのでしょう」

「経営を始めた頃には考えられませんでしたね」

商業ギルドで従業員の募集《ぼしゅう》をお願いして、面接で集まった人が一気に帰っていったのは今でも覚えている。あの時は店の信用もないし、店長が子供だから仕方ないことだとは思う。

それが今では受付で求人がないかを聞いてきたり、自分を売り込んでくる人も来たりするというのだから驚きだ。正直、ここまで急激に状況《じょうきょう》が変化するとは思わなかった。

「まぁ、この件については想定していましたから問題ないでしょう。対応も既に始めているようですし、打合せ通りの対応で、ひとまずは様子見ですね」

「はい。気の緩みがあることをそれとなく指摘《してき》して自覚を促《うなが》せば、意識的に改善しようとする人は、すぐに改善するでしょう。その意思があるなら、適宜《てきぎ》指導も行います。古巣のモーガン商会でも経験がありますので、お任せください。

問題は改善の意思がない人が出た場合です。この場合は面談と警告、その後も改善が見られない場合は解雇《かいこ》ということでよろしいですね」

「残念ですが、仕方ないでしょう。不足があるだけならまだしも、それを改善する気もない人を放置するのは得策ではない。その人の仕事の質だけでなく、他の従業員の士気にもかかわりますから」

所謂《いわゆる》、職場にぶら下がる人材なら前世で沢山《たくさん》見てきた。社会人とかバイトの学生とか、年齢《ねんれい》も性別も関係なく、そういう人はいる。そして、そういう人が増えると労働生産性は落ちてしまうし、そういう空気は周囲に伝播《でんぱ》してしまう。

〝腐《くさ》ったミカンは他のミカンも腐らせる〟……あまり人に言いたい言葉ではないが、意味することは本当のこと。だから、悪循環《あくじゅんかん》に陥る前に歯止めをかける必要がある。

「そうですね。事前に面談と警告があるだけ、温情だと思います」

「別に温情というわけではないのですが……」

この国の雇用契約《こようけいやく》では雇用側の権利が強いので、日本人がアメリカの話でイメージするような〝即日解雇《そくじつかいこ》〟が簡単にできる。日本は日本で逆に解雇規制が厳しすぎる弊害《へいがい》もあったので、そこまでする気はないけれど……前世の上司には、クビという言葉を部下をコントロールするための脅《おど》しに使っていた人もいるので、緩すぎたら緩すぎたで怖《こわ》い。

ちなみに実際のアメリカでは、日本人が思っているほど即日解雇が頻発《ひんぱつ》しているわけではないらしい。アメリカにも解雇規制は存在するし、裁判を起こされるリスクが高い。だから可能であっても簡単ではなく、退職金の割り増しなどで話をつけることもあるのだとか。

「なんにしても面談と警告、またそのための〝基準〟を明確にすることですね。基準が曖《あい》昧《まい》では指導も漠然《ばくぜん》としたものになりやすいですし、受け取る側も問題点が分かりにくくなります。そうなれば認識《にんしき》の齟齬《そご》であったり、話し合いが水掛《みずか》け論《ろん》になったりすることも増えると思うので」

基準は従業員本人への説明にも必要だけど、解雇後に理不尽《りふじん》だと騒いで悪評を撒《ま》くなど、報復される可能性も十分にある。その場合はどちらかといえば周囲に対して〝こういう理由で解雇しました、事前に警告と改善要求もしました〟と正当性を訴《うった》えられる事が大切だ。

諍《いさか》いを長々と引き延《の》ばせば周囲からの印象も悪くなるし、何より対応のために従業員の体力と精神を削《けず》る。そのまま悪循環に陥って疲弊《ひへい》して……ブラック経営、ダメ、ゼッタイ。

というか俺が嫌《いや》。そんなことが日常の職場にするくらいなら従業員に他の職場を手配するか、退職金を多く渡《わた》して店をたたむだろう。

「そんな顔をしないでください。オーナーの経営方針は理解した上で、経営を預かると決めたのですから」

「顔に出てましたか」

「目の光が消えていました。とりあえずこの件に関しては、変更なしということで構いませんね」

「よろしくお願いします」

「それでは次に、一部の従業員から要望が出てまして……以前、オーナーが用意した〝経営方針に関する資料〟の一部を、今後も新人教育の教材として使用したいとのことです」

「資料って、もしかしてアレですか？」

思い当たるのは、俺が権利を委譲《いじょう》するにあたって、カルムさんや将来の支店長候補に向けて用意した書類。内容は店舗《てんぽ》運営のガイドラインとハラスメント講習のようなもので、ブラック企業化《きぎょうか》の防止。効力のほどは正直なところ分からないけれど、多少なりとも効果があることを願いながら真剣《しんけん》に作った。

しかし、ハラスメントへの注意や配慮《はいりょ》も行き過ぎるとそれはそれで問題が出てくるし、俺の考えが絶対というわけでもない。この国にはこの国の、支店を開く土地の風土や常識によっても物事の受け取り方は変わるだろうから、頭の片隅《かたすみ》に置いておくくらいでいいのだけれど。

……いや、それ以前にアレは講習用に写本を依頼した人が〝もうこれ以上読みたくない〟と泣いて断りを入れてくるほど、読むに堪《た》えない内容になってしまったはず。カルムさんも事前に目を通した時には泣いていて困惑《こんわく》したし、まさか欲《ほ》しがる人がいるとは。正気かな？

「確かにあの書類は、読んでいて気分が落ち込《こ》みました。しかしあの資料の内容、特に前半は私も他の従業員も思い当たることが多く、共感できました。こういう接し方には気をつけようと思える、いい教材だったと思います。

問題は先に進むにつれて例示される上司の言動が過激化、もはや狂気《きょうき》に満ちているといいますか……〝酒瓶《さかびん》で殴《なぐ》られる時の注意点〟とか、酒瓶で殴られることが前提になっていることがまずおかしいですし、説明と稀《まれ》に入っている恨《うら》み言《ごと》が異様に生々しい。だから内容が分かりやすく、言葉が頭に染《し》み込むように理解と納得ができてしまうことが、逆に辛《つら》いのです」

確かにあの書類は作った俺自身、例を思い出して書き出してまとめるまでの間に何度か魔法で焼き払《はら》いたくなったからな……今思うと、無意識に書類を呪ったのかも？　その気はなくとも恨みは籠《こ》もっていたと思うし、魔力《まりょく》も焼き払いかけた時に少しは出たはず……あれ？　これ本当にヤバいやつ？

「カルムさん、あの原本どこにありますか？」

「店の経営に関わるものですから機密文書として扱《あつか》い、あちらの鍵《かぎ》付きの棚《たな》に保管してあります」

そう言って、カルムさんは見覚えのある六法全書並みに厚い書類の束を持ってきてくれた。呪いがかかっているかは、分からない。少なくともレミリーさんとの練習で使った石のような気配は感じなかった。

「おそらくですが、大丈夫《だいじょうぶ》ではないでしょうか。私は原本も写本も読んで、どちらも同じように気落ちしましたし、原本を読んでいない皆《みな》さんも同意見でしたから」

「そうであればいいのですが……ちなみに皆さんというのは」

「開店初期からの従業員全員です。読んだ後は……皆さん、オーナーの従業員の扱いに納得していましたよ」

目を合わせてもらえないが、間違《まちが》いなく気の毒に思われているのが分かった。

会話に困ったので、書類とカルムさんにディスペルをかけて強引《ごういん》に話を変える。資料としての使用は承諾《しょうだく》し、写本を元にどこまで盛《も》り込むかはカルムさんに任せた。店の経営も問題なかったし、この件もきっといい塩梅《あんばい》でまとめてくれるはずだ。

9章6話　若手従業員達の成長

カルムさんとの会議後、休憩室《きゅうけいしつ》を覗《のぞ》いてみると、マリアさん、フィーナさん、そしてリーリンさん。３人の背中が見えた。

「お疲《つか》れ様《さま》です」

「あっ、店長。じゃなかった、オーナーこんにちは～」

「おかえりなさい。カルム店長から話は聞きましたよ」

「無事だとは聞いていたけど、元気そうで何よりね」

「ご心配をおかけしました。この通り、なんともありませんよ」

俺は大丈夫だが、皆さんは元気だっただろうか？　仕事上の問題はなかったと聞いているけど、例の書類のこともある。それがなくとも一月くらい留守にしていたので、話が聞きたい。

「私達も特に病気や怪我はありませんよ～、あの書類は読みましたけど～……」

「気分が落ち込んだのはその時だけです。他の皆さんも、憂鬱《ゆううつ》になったのは読んだ後だけじゃないでしょうか」

「私と父は、特に問題なかったよ」

「ああ、それならよかった」

故意でないとはいえ、危険物を生み出した可能性に不安を覚えていたが一安心。ここで、休憩《きゅうけい》中だと思った彼女達《かのじょたち》の前に並べられた筆記用具が目に入る。

「もしかして勉強中でしたか？　お邪魔《じゃま》でしたら申し訳ない」

「全然大丈夫ですよ～」

「勉強というより、ちょっと確認をしていただけですから。そうだオーナー、シュトイアー様にお願いしていた本ができたみたいですよ。帰ってきたら取りに来て欲しいって」

「あっ、サンチェス様も冒険者編はまとまったと言っていました～。日常生活編はまだしばらくかかるそうです～」

「伝言ありがとうございます。まだ先のことかと思っていたのですが、ずいぶん早かったですね」

「お孫さん達は大変みたいですよ、お祖父様《じいさま》が厳しいって」

「これならまだ引退しなくてもよかったじゃないか～、って言ってますね～」

確かにあの２人は、元気なお爺《じい》ちゃんだ。元徴税官《ちょうぜいかん》のミュラー・シュトイアー様、元法務官のガルシア・サンチェス様。２人は公爵家《こうしやくけ》から紹介《しようかい》してもらった税金と法律の専門家であり、今は俺や関連店の経営に関する各種手続きの相談役。

しかし、彼《かれ》らには彼らの意向もあり、本業に加えてその知識を活《い》かした別の仕事もお願いしている。たとえば先ほど話に出たフィーナさんとマリアさんの勉強に、本の執筆《しつぴつ》。本は日本では珍《めずら》しくなかった〝知っておくべき、または役立つ知識〟を平易にまとめた書籍《しよせき》のイメージだ。

一応、こちらにも法律や税金に関する本はあるのだけれど、流通しているものは専門家か専門家になるための学生を対象にした本ばかり。そのため読み書きの能力は当然として、前提知識もそれなりに修めていないと理解が難しく、一般人《いつぱんじん》はお断りといった印象を強く受ける。

最初は俺と関連店舗の相談に乗るだけでも厳しいのではないか？　と思ったけれど、彼らはそれぞれご家族を連れていて、お孫さん達は将来、同じ仕事に就いて後を継《つ》ぐ予定とのこと。そのために彼らは俺が回した仕事を教材として、孫に手伝いをさせることで鍛えているらしい。

実質的に事務所を丸ごと雇《やと》ったような状態になっているが、俺が直接雇っているのはシュトイアー様とサンチェス様の２人だけだし、支払《しはら》うお金も２人分だけ。正直、めちゃくちゃお得で助かる。

お孫さん達にはちょっと気の毒かもしれないけど……法務官と徴税官の仕事に関しては畑違《はたけちが》いの俺が口を挟《はさ》めることではないし、公爵家での仕事はさらに激務とのことなので、頑張ってほしい。

「お孫さん達にもお世話になってます～」

「本当に、私達は何も知らないも同然だったので……まさか自分がこんな風に勉強をする機会があるなんて、出稼《でかせ》ぎにくる前は考えたこともありませんでした」

「専門知識の中でも、法律と税金は難しいですからね。でも知識があって損はないですよ。知っていれば、いざという時に安心でしょうし」

「いざという時じゃなくて、もう既《すで》にですよ！」

フィーナさんが、テーブルに並べられた紙の1枚に手を伸《の》ばす。いつも冷静な彼女《かのじょ》には珍しく興奮した様子だ。

彼女達の村はサイオンジ商会との取引ができるようになり、状況は改善したと聞いているけれど、少し前までは作物が売れなくて困っていた。この街に来たのも出稼ぎのためだし、そうせざるを得ない状況を知っているからこそ、思うところがあるのだろう。

そんな彼女の強い思いを表すかのように、目の前に出された紙にはパッと見では読み取れないほど細かい文字が、端《はし》から端までびっしりと書かれている。

「昨日は主に農村で納める税について教えていただいたんですが、その時にジャミール公爵領では村が魔獣《まじゅう》や盗賊《とうぞく》などによって危機に瀕《ひん》した際、人命および資産を守るために発生した費用の一部、または全てを領主である公爵家から払い戻《もど》してもらえるという話を聞いたんです」

「へぇ、そんな制度があったんですか」

初めて聞いたけど、災害時の補助金みたいなものだろう。そう解釈《かいしゃく》していると、彼女は悔《くや》しそうな声を絞《しぼ》り出す。

「私、村長の娘《むすめ》なのにそんなの全然知らなかった。昔、村の周りに魔獣が出て冒険者を呼んだことは何度かありますけど、その時は村人全員で少しずつお金を出し合ってなんとかしたんです」

「あえて使わなかったとかでは、なさそうですね。お父様や村の大人達も知らなかったのでしょうか？」

「先に一度は払わないといけないものなので、私が返金されたのを覚えてないだけ、または子供にお金の話は聞かせないようにしていた、とかならいいんですが……おそらく知らないです」

彼女がシュトイアー様から聞いた話によると、村を取り仕切る村長でも税や法律の専門知識がある人は少なく、珍しい話ではないとのこと。

俺は、村長なのにそれでいいのか？　と思ってしまったが、村長に最低限必要な知識は〝これをやると罪になる〟という物事に関することだそうで……極論を言えば、ここだけ押《お》さえていればなんとかなる。

一方で、今回のような利用するかどうかは村長を含めた村民達に委ねられている、徴税官も頭には入れているが、補助金や制度について懇切丁寧《こんせつていねい》に教える義務はない、結果として、知らなくても使わなくても罪にならない制度は、見落とされていることが多いのだそうだ。

「制度そのものは知っていても、手続きの仕方までは理解できていなくて手続きができない場合。不備があって審査《しんさ》に落ちる場合もあるそうで……だから結局、やってもダメだ！となってしまうんでしょうか？」

「それは残念ね。知っていたらもっと生活が楽になっていたはずなのに」

「リーリンさんの言う通りです～。サンチェス様も〝法律は変わるもの。それを知らず、知ろうともせず、罪を犯《おか》す者。変化を拒《こば》み、得られるはずの利益を逃《のが》す者が多い〟と言っていました～」

「変化についていけないのは困りますよね。税金とか法律は複雑すぎて、素人《しろうと》がどうこうするのは難しいですが、できるだけ知識は入れておかないと……まぁ、それが本当に難しいのですが」

「ですよね〜。だから私達、もっと頑張って勉強します〜。そして手紙で父達に教えます〜」

「もちろん、このお店でも役に立てるように頑張りますよ！　皆が色々と協力してくれているおかげで、仕事の時間や量も無理のないように調整してもらっていますから、その分くらいは返さないと」

「期待していますよ」

正直、彼女達を雇った時には、こんな風になるとは微塵《みじん》も考えていなかったけれど……お金を稼《かせ》ぐだけでなくて、自分のために成長できているのならば、どんな形であってもいいことだ。俺も経営者として安心かつ、満足である。

「成長といえば、リーリンさんは少し喋り方が流暢《りゅうちょう》になりましたね」

「そうね。こちらの言葉にも慣れてきたよ。店の人とは、特にジェーンはよく話しかけてくれるからたくさん話すし、お客様の相手もするからね。父はまだちょっと苦労しているみたいだけど」

それは年齢的《ねんれいてき》に仕方ないことかもしれない。人間はやる気があれば何でもできる！　とか、何かを始めるのに遅いということはない！　という言葉が間違っているとは思わないけれど、年齢を重ねると物覚えが悪くなるのは事実なのだ。俺はそれを、身をもって知っている。

「あっ、成長といえばドルチェもなかなかね。警備担当同士の訓練で手合わせもするけど、前よりかなり強くなった。父とオックスさんも驚《おどろ》いていた。最近はユーダムと色々話しているし、歳《とし》の近い同性が入ったのが良かったのかも」

「ドルチェさんは努力家ですよね。たまに文字の勉強で質問されますけど、最近は結構難しい文章も書いているみたいですよ。休憩時間には本を読んでいるところもよく見ます」

「お金の使い道がないから、本を買ってるって言ってました～」

「ドルチェさん、今はそんなに凄《すご》いんですか」

彼はスラム街の出身で、うちに来た当初はほとんど読み書きができなかった。そこで空き時間に文字の勉強をしていることは知っていたけど、そんなに読み書きができるようになっていたとは知らなかった。腕《うで》っ節《ぷし》の方もあの2人が驚くほどの急成長となると、もう文武両道と言っていいのではないだろうか？

そんなことを話していると、噂《うわさ》をすれば影《かげ》というもので、

「……呼んだか？」

「あっ、ドルチェさん。丁度ドルチェさんの話をしていたところです」

ご本人の登場。これまでの経緯《けいい》と、ドルチェさんが凄いという話をしていたことを説明。すると彼は恥ずかしいのか、少し顔を赤らめて首を振《ふ》る。

「俺は……まだまだだ。勉強は2人に勝てないし、戦力も警備担当の中で一番弱い。特にフェイさんとオックスさんには、手加減されていなければ相手にもならない」

「それは比較《ひかく》対象が悪いと思うよ。父とオックスさんを普通《ふつう》の警備員と一緒《いっしょ》にするのはダメね。はっきり言って、この店の警備員は強すぎるよ」

「あ、それは私も感じてました。私は村とこの街しか知らないので、最初はこれが普通なのかと思ってましたけど、他のお店はそうでもないみたいですし」

「常に警備の人を雇っているお店はよっぽど治安の悪い地域にあるか、高級店よ。普通の店は、店員や店長が迷惑《めいわく》な客に応対するところが多いね。だからちょっと体格がいいか、荒事《あらごと》に慣れていれば警備員として最低限のことはできると思う。

普通の店ならドルチェは……警備員をまとめる地位に就《つ》けるんじゃない？　少なくとも腕前《うでまえ》だけなら十分よ」

「そう、なのか？　他の店をあまり知らないから、よく分からない……でも、そうなら嬉《うれ》しい」

そもそもドルチェさんは開店当初の店が嫌がらせを受けた際に、ジェフさんからの紹介で雇った人だ。最初の時点でも十分な実力はあったわけで、それがさらに成長したのだから、もっと自信を持ってもいいと思う。

……というか、それだけ頑張っているなら、もっと昇給《しょうきゅう》とか昇進《しょうしん》の希望はないのだろうか？　頑張っても変化がないというのは、労働のモチベーションに影響《えいきょう》する。給料とか待遇はカルムさんと相談の上で決めているから少ないことはないはずだけど、ちょっと気になった。

そう思って聞いてみると、給金については今でも十分で、これ以上にもらっても使う場所がないとのこと。その気持ちはちょっと分かる。俺も収入の額は違《ちが》うけど似たようなものだし……ああ、これが公爵家の皆さんの気持ちに近いのかもしれない。

「給金以外の、待遇とかで何か希望はありませんか？」

「強《し》いていえば、休み……か？　旅行というものに興味がある」

「いいですね！　どこか行ってみたい所が？」

「行きたい所というか、俺は生まれてから今まで、この街を離《はな》れたことがない。俺に限らずスラム生まれの奴は大半がそうだ。冒険者や輸送、仕事に関係なければ、機会も選択肢《せんたくし》もない……そういうものだと思っていた。

でも皆の故郷やここに来るまでの話を聞いたり、本を読み始めたりしているうちに、少し興味が出てきたんだ。尤《もっと》も、興味が出たというだけで計画はない。どこに行くか、行って何をしたいのかもよく分かっていないから……休みと言ったが、今は貰《もら》っても困る」

「分かりました。そういうことならこの件はひとまず保留で。それとは別に、もしドルチェさんがよければですが、今度一緒にどこかへ行ってみますか？」

大樹海から帰ってきた後、支店を出すための人材が揃《そろ》ってからになるけれど、今後はさらに支店を増やしていく方針。そのためには近隣《きんりん》の街で店舗の下見をする必要があるから、その時に休みを合わせてもらえれば、俺が空間魔法で連れて行ける。

その場合は日帰りか一泊《ぱく》か、どちらにしてもあまり落ち着いて観光はできないだろうし、馬車などで時間をかけて目的地に向かう良さは味わえないかもしれないけれど……なんなら新しい支店の警備員として、ドルチェさんがどこかの街に行くことも可能だ。

仕事に関係なければ機会がない、というのが普通なら、仕事に関係させてしまってはどうだろうか？

「そんなことができるのか？　いや、していいのか？」

「詳《くわ》しいことはカルムさんと相談しないといけませんが、可能だと思いますよ。仕事のある日はちゃんと働いてもらいますし、支店を開くためにはどのみち人を送らないといけませんからね。送る人材の中にドルチェさんが入るだけなら、難しいことはないでしょう。

それにドルチェさんはこの店の開店初期から働いてくれていますし、僕のやり方や店の雰囲気《ふんいき》も知っていますよね？　警備の人材としても人としても信用しているので、そういう人が1人新しい支店にいてくれると僕は安心です。

あと、新しい店で働く方々も助かるのではないかと……専門的なことは事前にこちらで教育しますが、新しい職場に慣れないうちは小さな疑問が出てくるものです。そういう時に相談できる人がいるのといないのとでは、働きやすさが違いますよ」

「それはありますね～」

「私達も、最初は戸惑《とまど》ったこともあったものね」

本当に新しいことばかりで、俺も皆さんも探《さぐ》り探りやってきたことは多い。その一員として彼が見聞き、経験したことが助けになることもきっとあるだろう。

「最初の1ヶ月とか、半年とか、期限をつけて〝一時的な出向〟という扱いにもできると思いますし……まぁ、ドルチェさんの意思があることが前提ですけどね。よければそういう方向でも考えてみてください。

ちなみに今のところ、次の支店候補地は領主館のあるガウナゴの街です。公爵家から支店を出してくれとの要望が出ていますので、そこを優先することになると思います」

「分かった。色々と考えてみる」

では、この件は後でカルムさんにも伝えるとして……こうして話をしていると、皆さんと前に進んでこられたことが感じられて、嬉《うれ》しくなる。関わり方は変わっても、こうして時々の交流は変わらずに続けていこう。

9章7話　来客

2週間後。

関係各所との打ち合わせや従業員の皆さんとの交流で、時間はあっという間に過ぎた。準備は万全《ばんぜん》。心置きなく大樹海へと旅立つことができる。

でも、その前に……今世の始まりの地、ガナの森の家に一旦戻《いったんもど》ってきた。理由は樹海へ向かう途中《とちゅう》に通りかかるから。ようやく大きな目標を達成するから初心に返るため。それともう1つ。

「埃《ほこり》は溜《た》まってるけど、そのくらいか。クリーナースライム」

出しておいたクリーナースライム達が中に散らばり、廊下《ろうか》や部屋の隅々《すみずみ》までを掃除《そうじ》してくれる。ここは任せて、俺《おれ》は奥《おく》の部屋に向かう。

「たった1年くらいなのに、随分《ずいぶん》と久しぶりに感じるな……」

そこは神々の像が置いてあるだけの部屋。以前は瞑想《めいそう》をしたり、訓練をしたりするために使っていた場所。ここにお客様を迎《むか》えるためのテーブルと椅子《いす》を設置するが……これは事前に用意してきたので、さほど時間はかからずに終了《しゅうりょう》。

予定の時間はまだ先なので、せっかくだから部屋の神像を増やすことにする。

「ここを作った時は、まだガイン達しか会ったことがなかったけど……神様との縁《えん》も随分増えたな」

壁《かべ》を掘《ほ》って像を置くスペースを作り、その作業で出た土を像へと加工していく。

テクン、フェルノベリア、キリルエル、ウィリエリス、グリンプ、セーレリプタ、メルトリーゼ……先に作っていたガイン、クフォ、ルルティアと合わせて合計10体。神々は後もう1柱、マノアイロア様もいるけれど、その姿は分からない。

以前見た神像は人型をしているというだけで、特に顔や服装も表現されていない簡素なものだったけど、一体どんな神様なのだろうか？　今度神界に行った時に聞いてみてもいいかもしれない。

作業を終えて、片付けて、それでもまだ時間が余っていたので、お茶やお菓子《かし》の準備もしておく。そうこうしているうちに、お客様が到着《とうちゃく》したようだ。外に配置していたストーンスライムからの連絡《れんらく》を受けて表に向かうと、公爵夫妻とセバスさん、そしていつもの護衛4人の姿が目に入り安心した。

しかし、今日は彼らに加えて見慣れない男女も同行している。男性は30代前半くらいだろうか？　いかにも魔法使《まほうつか》いらしいローブを着込《きこ》んでいるが、髪《かみ》や肌《はだ》、そして髭《ひげ》はよく手入れがされていると分かる紳士《しんし》然とした人物だ。

一方、女性は……身なりは整っている、立ち振る舞《ま》いも凛《りん》としている美人。だけど、どこか表情に隠《かく》しきれない疲労《ひろう》が見える。なんとなく張り詰《つ》めた雰囲気を感じるし、メイド服を着ていてもメイドさんらしくない気がする。どちらかといえば、街の警備隊の人に近い印象だ。

「お待ちしておりました」

「リョウマ君、楽にしてほしい。この2人も大丈夫だから」

「ありがとうございます。ひとまず中へどうぞ」

部屋の用意はしてあるし、この辺は比較的《ひかくてき》安全とはいえ森の中。わざわざ立ち話をする必要もない。中に入ってもらったら、まず護衛の4人には入ってすぐの部屋で適当にくつろいでもらう。そして残りの5人を連れて、先ほど整えた奥の部屋へ案内する。

「まぁっ」

部屋に入るやいなや、奥様《おくさま》の小さな声が聞こえるが、どうやら驚いたのは他の4人も同じだったらしい。

ラインハルトさんとセバスさんは比較的落ち着いているけれど、初対面の女性は静かに立っているように見えて、視線は壁際に並ぶ神像の端から端を行き来している。男性の方も静かではあるけれど、こちらは顔ごと動いているのであまり隠すつもりもなさそう。

「この部屋に、こんなに神様の像があったのね」

「3つ以外は先ほど増やしたところですが……あれ？　以前来た時に見せていませんでしたか？」

「この部屋には入っていないかな。前回来たのは我々が出会ってまだ間もない頃《ころ》だし、他人の家を勝手に歩き回るのは憚《はばか》られたから」

そうだった。掃除の必要もない部屋だったから、先に休んでもらっていたんだ。

たった1年前のことを懐《なつ》かしく感じながら、用意しておいた席を勧《すす》める。一応、全員が座《すわ》れるだけの席はあるのだけれど、上座に公爵夫妻が座りその隣《となり》に初見の男性。セバスさんと女性は部屋の隅《すみ》に立って控《ひか》えているようだ。

「色々と話したいことはあるけれど、まずは診察《しんさつ》を済ませよう。ローゼンベルグ殿《どの》」

ラインハルトさんの呼びかけを合図に、ローゼンベルグ殿と呼ばれた男性が年齢と経験を感じさせる落ち着いた声色《こわいろ》で、自己紹介《しょうかい》を始めた。

事前に話は聞いていたけれど、彼は公爵家で雇い入れている呪術師《じゅじゅつし》であり、俺の診察をしていただく方。こちらも感謝を伝えると、彼は少し笑顔《えがお》を見せてから診察を始める。

診察の内容は、まず問診《もんしん》。ここは普通の病院で診察を受けるのと変わらず、脈を取るように手を握《にぎ》られて、魔力を感じていたくらいの違いしかない。

あとは、俺の呪《のろ》いが他者の好感度に影響を与《あた》えるという話を事前に聞いていたのだろう。

ここで彼は、部屋の隅に控えていた初対面の女性へと声をかける。

「エレオノーラ嬢《じょう》、第三者の意見として、彼に対する率直《そっちょく》な印象を聞かせて欲しい」

「私の、彼に対する印象ですか……失礼ですが、若干《じゃっかん》の不快感を覚えています。しかし、彼のどこが気に入らないかと問われると、理由を明確に述べることができません」

「その不快感をあえて言葉にするなら、どのようなものか？　彼個人の人間性に対する嫌《けん》悪《お》、あるいは本能的なものなど、なんでもいい」

「どちらかといえば、本能的な嫌悪ですね。人間的には良い人なのに話していると口が臭《くさ》い、体臭《たいしゅう》が強い、そのような感覚が近いかと」

え、俺、臭いの？　いや、言語化するとそんな感じだという意味なのは分かるけど、加《か》齢臭《れいしゅう》が気になる年頃《としごろ》だった身としては、気になってしまう。

「大丈夫よ、リョウマ君は臭くないから」

「ありがとうございます」

奥様だけでなく、エレオノーラ嬢と呼ばれていた女性も頷《うなず》いてくれたので安心した。

「……なるほど。クレミス様の見立ては正しかったようですね。次の検査に移ります」

次はいくつかの魔《ま》法《ほう》を使った検査。浴びた魔力が体の中を探っているように感じたので、探知魔法のようなものだろうか？　疑問があれば聞いていいと言われていたので聞いてみる。すると、

「これは呪いに使う魔力を別の呪いに反応するように、ただし相手には害を与えないように調整し、その反応を感じることで呪いの重症度《じゅうしょうど》や傾向《けいこう》などを探る魔法です。正確な診断《しんだん》には経験が必要ですが、やっていることは探知魔法に近いと言えるでしょう」

とのことだったので、俺の感覚は間違ってはいなかったようだ。

魔法による検査が終わると、最後は薬品を使った検査。彼は持っていた鞄《かばん》の中から、フラスコに入った透明《とうめい》な液体を取り出して、別途《べっと》用意した試験管に少量注ぐ。この中に俺の血を1滴《てき》入れて欲しいと言われたので、その通りに用意された針で指を軽く刺《さ》し、血を入れた。

落ちた血の雫《しずく》が液体に触《ふ》れると、透明だった液体に赤が広がる。かと思えば、あっという間に黒ずみ始めて、液体全体を真っ黒に染め上げてしまう。この反応を見て、彼は表情を曇《くも》らせた。

「これは、聞いていた以上に厄介《やっかい》な呪いですな」

「ローゼンベルグ殿でも解呪は不可能ということかな？」

「言い訳になりますが……この薬液は呪いが対象者に浸透《しんとう》している度合いを調べるものでして、深く浸透しているほど色は黒く、呪いは根が深く、解呪が困難になります。

これほどの反応ですと解呪難易度は最高の〝7〟。おそらくは、本家の者でも手を焼くかと」

「そうか……ローゼンベルグ殿の腕前に疑いはない。残念だけれど、仕方のないことなのだろう」

「ご理解、感謝いたします。解呪は不可能と言いましたが、呪いの効果そのものは軽微《けいび》な様子。いくつかの注意を守ることで、普通の生活を送ることは可能でしょう。また、時間経過によって呪いが薄《うす》れ、解呪可能となる場合もあります。あまり悲観なさいませんように」

それから彼は診断書《しんだんしょ》を書くと言って、エレオノーラ嬢と共に部屋を出ていった。護衛の4人が寛《くつろ》いでいる部屋、必要ならほかの部屋も自由に使っていいと伝えてあるので、あとは4人が対応してくれるだろう。

「ふぅ……」

「お疲れ様。やっぱり緊張《きんちょう》させてしまったね。急な訪問も併《あわ》せて、申し訳ない」

「呪いの件もあるけど、樹海に行く前にどうしても一度会っておきたかったの。迷惑だったかもしれないけど」

「そんなことありません。緊張しなかったといえば嘘《うそ》になりますが、初対面の人に対する呪いの影響は気になっていましたし、今後のためにも試《ため》しておいた方がいいのは間違いありません。それに、本職の呪術師の方の診断も」

解呪については、神々がやってくれる。しかし、それを周囲に説明するにはリスクが高すぎる。レミリーさんは元宮廷魔導士《きゅうていまどうし》という経歴を持っているので、説明に説得力がある。しかし、彼女は呪いに関しては専門外。ちゃんとした呪術師の診断を受けて診断書を書いてもらえれば、さらに万全と言えるだろう。

神々の力で抑《おさ》えられているとはいえ、人間関係に影響を与える魔王《まおう》の呪い。予防線は張れるだけ張っておいて、損はない。今回の申し出も渡りに船だし、公爵家の人と会えるのも嬉しい。

「それに、お2人は決して暇《ひま》なわけではないはずです。この時間を作るために、無理をしたと思います。そこまでしてくださったんですから、謝《あやま》ってもらうことなんてありませんよ」

「そう言ってもらえると、ありがたいわ」

奥様が優《やさ》しい笑顔を見せて、数秒後。ラインハルトさんが懐《ふところ》から小さくて薄い箱を取り出す。名刺《めいし》入れにも見えるそれの蓋《ふた》が開くと、箱を基点に広がった魔力が俺達《おれたち》を包んでいく。

お2人がドーム状の魔力の外にいるセバスさんに合図をして、セバスさんは一礼して部屋を出ていく。その様子と状況《じょうきょう》から察するに、防音効果のある魔法道具なのだろう。つまり、ここからが今日の本題。

「さて、色々と話したいことはあるけれど、まず話すべきはこれだろう。父から聞いたよ、リョウマ君は神の子だったと。私達ももしやとは思っていたし不思議でもないけれど、一応君の口から聞かせて欲しい。本当なんだね？」

「はい、本当です」

証拠《しょうこ》としてステータスボードを提示。称号《しょうごう》の欄《らん》にある〝神々の寵児《ちょうじ》〟を確認《かくにん》した2人は、一度顔を見合わせて頷いて〝教えてくれて、ありがとう〟と一言。

それからしばらくは、亡霊《ぼうれい》の街で神の子である事実を打ち明けた時のような会話になった。しかし、2人はラインバッハ様達から話を聞いて心の整理をつけていたのだろう。安堵《あんど》や感極《かんきわ》まって涙《なみだ》することもなく、終始穏《おだ》やかに感謝の言葉を伝えてくれた。

「本当に、リョウマ君にはお世話になりっぱなしだ」

「僕《ぼく》も皆さんにはお世話になっていますから、そこはお互《たが》い様《さま》ですよ。こうして神の子だということも受け入れてもらいましたし」

「それはリョウマ君の立場からすれば不安だったかもしれないけど、我々は納得《なっとく》しただけよ」

「ラインバッハ様も、だいぶ前から予想していたと言っていましたね。結構、誤魔化《ごまか》すために嘘もついてしまったのですが。それにまだ話せていないこともありますし」

「正直であることは美徳だ。しかし、正直なだけでは困ることもある。特に貴族社会では騙《だま》し合いが日常茶飯事《にちじょうさはんじ》さ。誰《だれ》も彼もが自分達の利益のため、誰かの足を引っ張るため、隙《すき》あらば懐に入ろうとしてくる。ついこの間も」

「あなた」

話しているうちに、ラインハルトさんの表情に陰《かげ》が落ちたと思ったところで、奥様が掣《せい》肘《ちゅう》を加えた。そこで彼はハッとして気まずそうに笑ったけれど、その顔は前世で見慣れたもの。これまでは表情に出していなかっただけで、かなりお疲れなのだろう。

「んんっ、失礼。みっともないところを見せた」

「いえ、今の今まで気づきませんでした。本当にお疲れ様です。後、僕は全く気にしませんから、どうぞ気を楽に」

「……そうさせてもらおうかな。

とにかく僕らはそんなやりとりが日常なわけだ。リョウマ君は確かに僕達《ぼくたち》に隠し事をして、そのために嘘をついたのかもしれない。でも、それによって僕らに害を与える、または騙して利益を得るという目的があってのことじゃないだろう？　そんなの可愛《かわい》いものさ。気分を害すようなことじゃない」

「そうね。付け加えるなら、私はそもそもリョウマ君の嘘が嘘になるか？　という点も微《び》妙《みょう》だと思うわ。家族の事とか最初の方の嘘は神々が、リョウマ君がなるべく私達の社会に溶《と》け込《こ》みやすくなるようにと願って決めた内容なのよね？」

「基本的な設定はそうです」

「設定って、いえ、神の子であるリョウマ君からしたらそういう感覚なのは分かったわ。今の話を聞いて私が気にしているのは、基本の設定を〝神々が用意した〟というところなの。神々が定めたことを否定するなんて、私には畏《おそ》れ多くてできないわ」

「……宗教的な視点だと、そういう見方になるかもしれませんね」

前世で特定の宗教に親しんでいたわけではないけど、神やその言葉を否定するなんてとんでもない！　ということくらいは理解できる。設定についても、奥様はそういう感覚で受け止めているわけか。

「リョウマ君は頻繁《ひんぱん》に神託《しんたく》が受けられるとも聞いているし、きっと僕達より神様に近い立場にいるから感覚が違うんだろう。ちなみに僕もエリーゼの意見には同意するし、同じ受け取り方をする人は少なくないと思うよ。教会関係者は特にね」

「下手をするとリョウマ君の方が神々の言葉を否定していると取られかねないから、今後も対外的には神々が用意してくれた話を基本にすべきよ。その方が余計な問題も少ないと思うから」

「肝《きも》に銘《めい》じます」

受け入れてくれるとは思っていたけれど、やっぱり少し身構えていたようだ。思った以上にあっさりとした反応と気遣《きづか》いをしてもらえて、肩《かた》の力が抜《ぬ》けてきた。

「でも、嘘をつくのが気が引ける、隠し事をするのは辛《つら》いという気持ちも分かる。だから心苦しくなったら、誰かに話したくなったら、その時はいつでも僕達のところに来るといい」

「私達はもう神の子だと知っているから、心置きなく話せるわよね？　相談にものってあげられるし、私達もリョウマ君の力になりたいから。遠慮《えんりょ》なく頼《たよ》ってね」

「……ありがとうございます。今後ともよろしくお願いします」

先日神界に行った時、話の流れで少し聞いたけれど、お2人が言ったことは過去の転移者の多くが悩《なや》んでいたそうだ。愛する家族や仲間に打ち明けることで招かれた悲劇もあるが、生涯隠《しょうがいかく》し通そうとするあまりに招いてしまった悲劇もある……と。だから、少数でも事情の分かる人がいてくれるのは本当に心強い。

9章8話　見送り

「それから今後についてなんだけど……神の子という秘密もあるし、リョウマ君にはもう1人、公爵家から部下になれる人材を派遣《はけん》しようと思うんだ」

「ユーダムさんとは別に、ですか？」

　それ自体は問題ないけれど、技師としての補佐なら既に彼がいる。それに秘密を守るためなら、そもそも秘密を知る人は少ない方が良いのではないだろうか？　と思ったけど、神の子であることを打ち明ける必要はないようだ。

「立場的には彼と同じで技師の補佐になるけれど、役割は主にリョウマ君の〝秘書〟だね。我々を含《ふく》めた関係各所とのやり取りや、外部との折衝《せっしょう》で間に入ってもらおうと思っている。ユーダム君も悪くはないんだけど、情報伝達や交渉《こうしょう》に専念できる人間がいた方がいいと思うんだ。

　というのも、リョウマ君は昨年末の件でそれなりに名前が売れたから、今後技師としての実績を積み重ねていくうちに、他所《よそ》の貴族が接触《せっしょく》を図《はか》ろうとする可能性がある」

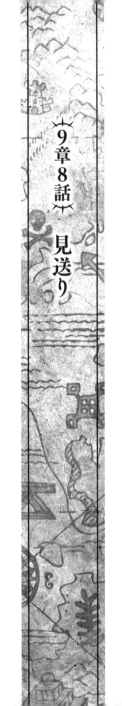

「それは、既に公爵家《こうしやく》の技師だとしても？」

「勧誘《かんゆう》はしないだろうけど、困っているので力を貸して欲《ほ》しいという〝依頼《いらい》〟かな。それも普通は後《うし》ろ盾《だて》になっている貴族を通すものだけど、横紙破りをする人はいくらでもいるからね……そういう貴族はまず面倒《めんどう》な相手だと思って間違《まちが》いはない。

街中でお店を開いたり、工房《こうぼう》を持っていたりする技師は拠点《きよてん》が分かりやすいから、接触を受ける可能性がより高くなる。そんな連中がリョウマ君を出せと言ってきた時、いちいち対応したくないだろう？」

確かに、それは御免被《ごめんこうむ》りたい。

「1人の貴族としても、僕個人としてもそれは歓迎《かんげい》できることではない。それにカルム君と言ったかな？　彼《かれ》は商人として優秀《ゆうしゆう》だけど、ごく普通の一般《いっぱん》市民だ。貴族には貴族が相手をする方が話は円滑《えんかつ》に進みやすいし、下手なことをさせないための抑止力《よくしりよく》になる」

目には目を、あるいは餅《もち》は餅屋《もちや》かな？　どちらにしても納得はできるし、折角《せつかく》の申し出だから受けいれたいと思う。しかし、それなら気になるのはその人と上手《うま》くやっていけるかだけど、

「もしかしてその人って、さっきのメイドさんですか？」

「おや、よく分かったね」

「最初は呪いの確認のために知らない人を連れて来たんだと思いました。でも今の話を聞くと、適当な人を連れてきていたずらに接触する人を増やしたりはしないかなぁ……と」

「そうだね、呪いの効果を確認したかったという理由もあるけど、問題なければあとで時間をとって紹介《しょうかい》するつもりだったんだ。彼女《かのじょ》の名前はエレオノーラ・ランソールというんだけど、この名前で分かるかな？」

名前というと……たしか昨年末の騒動《そうどう》で、敵の資金源になっていた金山を所有する貴族がランソール男爵《だんしゃく》だったはず。確認すると間違いなく、彼女はその家の長女だそうだ。

「大丈夫《だいじょうぶ》ですか？　下手な人を紹介されるとは思っていませんが」

「当然の疑問よね。それについては私から説明するわ」

ということで、奥様から話を聞く。その内容をまとめると、以下の通り。

まず、彼女の実家のランソール男爵家は、他所の貴族の支配下にあり、金山の収益を搾《さく》取《しゅ》される関係が続いていた。そして現当主である彼女の父親と彼女の兄弟は、そんな環境《かんきょう》でもできる限り健全な運営を行おうとしていた、善良な貴族と言って差し支《つか》えのない人物だったらしい。だからこそ、彼らを支配していた4つの家の人間は、彼らが気に入らなかった。

そして彼女は親兄弟の反骨心を叩《たた》き折るためだけに圧力をかけられ、4つの家の1つであるルフレッド男爵家に嫁《とつ》ぐことになる。尤もそれは表向きの話で、実際は実家に対する人質《ひとじち》として冷遇《れいぐう》されていたのだそうだ。

なんでも初日から屋敷《やしき》の離れに追いやられ、夫の男爵令息は愛人と放蕩三昧《ほうとうざんまい》。貴族の場合、嫁いだ女性は屋敷の中を取り仕切ることが多いらしいが、そういうことにも一切《いっさい》触れさせることなく、雑用を押し付けられていたとのこと。

昨年末の件がきっかけでルフレッド男爵家は脱税《だつぜい》やその他諸々《もろもろ》の罪が発覚し、家はお取《と》り潰《つぶ》し。一家は連座で処刑《しょけい》になるという大事に発展するが……彼女は幸か不幸かその扱《あつか》いのおかげで〝書類上は結婚《けっこん》していてもその事実がない。脱税などの犯罪行為《こうい》にも加担できる状況になかった〟と判断されて命拾いしたらしい。

「それで彼女は実家に戻《もど》ったんだけど、実家の方でも一悶着《ひともんちゃく》あって、最終的にジャミール公爵家で身柄《みがら》を引き受けることになったのよ。ランソール男爵家も丸ごと私達の下につくことになった関係で」

「……波瀾万丈《はらんばんじょう》ですね」

この返答が正しいのかは分からないが、それしか言葉が出てこなかった。

「そんな経緯でうちに来た子だから同情的な部分はあるけど、能力と人格の評価に私情を持ち込んだつもりはないわ」

「そういった諸々の事情があるからこそ、我々を裏切れないという打算もある。彼女にとっては、結局のところ〝支配される対象が代わるだけ〟かもしれない。でも、リョウマ君のところならあるいは、という願いも少しね」

「張り詰めた雰囲気は感じましたし、少し環境を変えた方がいいかもしれませんね」

ひとまず休んで心と体を回復させた方がよさそうだけど、だいぶ真面目で堅《かた》そうな気もするから、何もしないというのは逆に辛いタイプなのか……本人は有能だそうだし、最初はユーダムさんにサポートと様子見をお願いすればいいかな。

「他所の貴族との間に入ってくださる人は本当にありがたいですし、そういうことならお願いします。正式に働き始めるのは、大樹海から戻ってからでもいいですか？」

「もちろん。こちらでも事前に何かあった場合に対応できるように、連絡方法などを打ち合わせておくから、ギムルに戻ったら連絡して欲しい」

「承知しました」

明確に了承《りょうしょう》を伝えるとラインハルトさんは一息ついて、これまで手付かずだったお茶を一口。話に夢中ですっかり忘れていたのでもう冷めているけど、喉《のど》も渇《かわ》いていたのかもしれない。二口三口と続けて飲んで、そのまま器は空になる。

「もう一杯《いっぱい》いかがですか？」

「いただこう」

新しいお茶を淹《い》れていると、ラインハルトさんはその香りを嗅《か》いで、ほっと一息つけた様子。きっと俺を守るために、色々と手を打ってくれていたのだろう。感謝は当然として、何か俺にできることはないだろうか？

聞いてみると、彼は少し考えて口を開いた。

「リョウマ君の意図とは少し違うかもしれないけど、父からグレイブスライムと瘴気《しょうき》を祓《はら》う魔法の話を聞いた。実験場として瘴気に侵《おか》された土地が欲しいと言っていたというのは本当かい？」

「実験場と餌《えさ》の確保ができればいいので、一時的な貸与《たいよ》とか使用許可だけでも十分ありがたいです。その後の権利とか管理は考えていないので」

「だったら、その実験だけでも十分僕らの助けにはなるよ。瘴気とアンデッドの対策はお金がかかる。だからといって、やらないわけにはいかない問題だからね。信用できる相手なのが前提だけど、許可を与えるだけでやってもらえるなら、どこの貴族だって喜んで許可を出すんじゃないかな？」

亡霊の街でも教えてもらったが、瘴気の問題は完全な解決はできなくとも、アンデッドの間引きと現状維持《いじ》を行うだけでも結構な需要《じゅよう》があるようだ。

「私も話に聞いただけだけど、リョウマ君もその気になれば、瘴気の除去だけで食べていけると思うわよ」

「そうみたいですね。僕も今の所はスライムと魔法の実験、あとは自分がどこまでできるかを試したいという興味が強いだけですが、大樹海から帰ってきた後は瘴気の対処に力を入れるつもりです」

これも神々から聞いた話だが、瘴気はこの世界のありとあらゆるものに対して有害であり、土地や動植物を傷つけもするが、世界に害を与えるものを排除《はいじょ》する働きもある。人体で言えば白血球のようなものだそうで、世界を維持するためには必要不可欠だが、増えすぎるとそれはそれで困るのだという。

そして現在の瘴気は増加傾向にあり、浄化《じょうか》してくれるならその方が助かるのだそうだ。

「それって」

「つまり神々から使命を授《さず》かった、ということじゃないのかい？」

途中で言葉を失う奥様に代わり、ラインハルトさんが緊張の面持《おもも》ちで聞いてきたけど、そういう話ではない。ここは明確に否定しておく。

「神々は僕に〝こうしたらいいよ〟と教えたり勧めたりしてくれることはあっても、自分達のためにあれをしろこれをしろと命じたことはありません。神々は人に何かをしろと命じることは控えているようです。

僕は……お２人や他の皆《みな》さんにも沢山《たくさん》助けてもらいましたが、同じように神々にも助けてもらって感謝しています。だから自分が興味のあることをやって、結果的に少しでもその恩を返せたらなおいい。

それに大樹海に行って帰ってきたら当面の目標もなくなりますし、ちょうどいいから新しい目標にしようかと思っている、という程度の話ですね。早い話が自己満足。それ以上でも以下でもありません」

思い返せば〝大樹海に行く〟という目標も、最初は皆さんと別れて自立をすると決めたはいいものの、明確な目標らしいものがなかったからだっけ？　そんな時にたまたま故郷のことを思い出したから、一度行くことを中長期的な目標にしてみよう。そんな風に、なんとなく決めただけだったはず。

今は一度決めた目標だから。この世界に生まれてこの世界で生きる、そのための通過儀《ぎ》礼《れい》、あるいはケジメとしての意味が強いかな？

「神々の言葉をさりげなく、なんでもないことのように言われると心臓に悪いのだけれど……とりあえず理解はできたわ、おそらく」

「瘴気を扱うなら専門家の監修《かんしゅう》を受けられるように、ローゼンベルグ殿にも話を通しておこう。候補地もこちらで選定しておくけど、条件はあるかな？　希望がなければ、浄化さえできれば復興できる廃村《はいそん》がいくつかあるから、そこを使ってほしいんだけど」

最近は従魔《じゅうま》を目印にした長距離《ちょうきょり》転移ができるようになったので、移動距離はあまり問題にならない。あまり人がいない方が好ましいけれど、廃村なら人もいないだろう。しかし、わざわざそこを選ぶ理由があるのだろうか？

話を聞いて思《おも》い浮《う》かんだ疑問をそのまま尋《たず》ねると、ラインハルトさんは今現在、新しい村作りや大規模な街道《かいどう》工事を計画しているのだそうだ。そういえば以前、スライム農法の実験のために村を作ろうという話をしていたな。

「それだけが理由じゃないよ。ここ数年で魔獣《まじゅう》が増えていることは何度か話したと思うけど、今年の年始の式典で国王陛下がそのことに言及《げんきゅう》されてね。我々貴族には〝いつ何が起きても己《おのれ》と領民を守れるように、警戒《けいかい》を怠《おこた》るな〟という内容のお言葉があったのさ。

だから、今後は徐々《じょじょ》に備えを始める貴族が増えてくるだろう。急に軍備の増強や物資の備《び》蓄《ちく》を始めると民衆に不安を与えるし、根拠《こんきょ》なく自分は大丈夫だと思っている貴族も多いから、今すぐ急にということはないと思うけど……いつ何が起きてもおかしくはないからね。新しい村を作る最大の理由は、この動きによる影響《えいきょう》を最小限に抑えるためだよ」

領主が軍備を増強するなら、それを維持するために必要な物資も増える。公爵家も、他所の領主も、生産量が限られる中で一斉《いっせい》に十分な量の物資を確保しようとすれば、最終的にその皺寄《しわよ》せを受けるのは市民の生活だ。物資の不足から買い占《し》め、転売、物価の高騰《こうとう》といった悪循環《あくじゅんかん》も起こり得る。これは予想というよりも、ほぼ確定事項《じこう》だそうだ。

この話を聞いたことで頭に浮かび、同時に納得したことが1つ。

「それで年始の時点で、スライム農法の実験のために村を作ろうという話があったんですね」

「あの時はスライム農法の話を聞いたばかりで具体的な計画はなかったけど、これは！と思ったよ。領内の生産力はできるだけ上げておきたいけど、特に食料不足と医薬品不足、それに伴《ともな》う価格高騰は人の命に直結する問題だからね。

あと街道の工事については、物資があっても必要な時に届かないのでは意味がないからだ。魔獣への備えだけでなく流通を活性化することにもなるし、スライム農法で食料が余れば、こちらから他領への支援《しえん》にも使える」

「ちなみにだけど、まともな貴族なら支援をタダで受けることはまずないわ。受け取る側の沽券《こけん》に関わるし、借りを作るだけにしておくと先々の変なところで引き合いに出されて困る場合もあるから、お金に限らず何かしらの対価を用意してその場で貸し借りを精算する、あるいは条件をつけるものなの。だから、名目は支援でも実質的には販売《はんばい》よ」

余裕《よゆう》があれば領地が潤《うるお》うことにもなる。仮にそこまでいかなくとも。食料の支援（販売）による利益が出れば、他の出費をある程度補填《ほてん》できるという考えのようだ。なんにしても、将来に備えて手を打っているということ。

それなら瘴気の浄化に期限があるかが気になったが、特に急ぐ必要はないらしい。村の候補地は候補地として選定して、俺が廃村の浄化に成功すれば、そこにも作るかどうかを検討するそうだ。……村ってそんなにポンポン作れるものなの？

「街ならともかく、小さな村なら割と簡単にできるよ。技術者や初期投資の資金、先々の収益につながる見込《みこ》みがあることが前提だけど、それさえあれば魔法使いを雇《やと》って開拓《かいたく》を助けてもらうこともできるからね」

「それに新しい農村作りは、一部の人にとって大きなチャンスになるの。例えば農家の次男以降の多くは親から受け継《つ》げる家や畑がないわ。でも新しい村作りに参加すれば、最初は苦しいかもしれないけど、将来的に家と畑を手に入れられるから」

絶対に成功するとは限らないけど、冒険者《ぼうけんしゃ》になるよりは安全かつ確実な賭《か》けなのだろう。なんにせよ公爵家の力になれるなら、そしてスライムが役に立つなら、技師としても個人としても嬉しい。

そんなことを考えていると、ふと奥様が固まる。

「どうしたんだい？　エリーゼ」

「あなた、リョウマ君にそれとなくお礼の話をしようと言っていたじゃない。いつの間にかまた私達ばかり得をする話になってるわよ」

「……確かに、気づくとこうなっているね」

　2人はそう言って、困ったように笑っていた。さっきの貴族の話もあったし、つい先日俺も似たようなことがあったので、少し気持ちは分かるかもしれない。でもなぁ……やっぱりそんなに気にしなくていいと思ってしまう。

　そもそも公爵家が強固な後ろ盾になってくれている時点で、こちらとしては大助かりだ。前世でも権力があればなにかと便利だっただろうけど、この世界、この国では貴族がより強い影響力《えいきょうりょく》を持つのだから、この安心はお金では買えない。

「エレオノーラさんの件を勧めてくれたみたいに、もうすでに色々とお世話になっているのですが」

「リョウマ君の気持ちは十分に伝わっているわ。でも私達がちょっとでも恩を返せたと思ったら、倍になって返ってくるんだもの」

「純粋《じゅんすい》な厚意《こうい》で言ってくれるのは嬉《うれ》しいんだけど、調子が狂《くる》うと言えばいいのかな？　腹黒貴族との交渉なら、我々もこうはならないんだよ？」

「それだけ信頼《しんらい》してもらえているなら、それも嬉しいことです」

本心からそう答えると、２人は気が抜けたように笑って、お茶で喉を潤す。

「まぁ、今の関係が悪いとは思わないんだけどね。厚意に甘《あま》えすぎて、この関係を壊《こわ》したくないというだけで」

「それには僕も同意です」

「ふふっ。なら、ひとまずこの件は先送りしましょうか。恩を返すために無理強《むりじ》いをしては本末転倒《ほんまつてんとう》だもの」

そもそも意見を違《たが》えてもいなかったけれど、俺達は奥様の言葉に賛同。今後も良い関係を続けられるようにと願い、また何かあれば相談することを約束した。

「さて、それじゃあ秘密の話はこのくらいでいいかな？」

「ヒューズ達も、リョウマ君が大樹海に行く前に話したいと言っていたから、あまり独占《どくせん》していると怒《おこ》られてしまうわね。リョウマ君がよければだけど」

「そうですね……大丈夫だと思います。僕もヒューズさん達とは話したいですし、神の子の件については、どう話せば分かりやすく伝えられるか悩む部分もありますし、詳《くわ》しく話すと１日かけても終わらない可能性があるので」

転生した。この事実だけなら一言で済むけど、それを理解してもらうには地球のこと、日本のこと、前世の自分がどんな人間か……いざ話そう、話してもいいという状況になると、今度は聞いてもらいたいことが多すぎて困る。

「いつかエリアに話す時までには、内容をまとめておきます」

「承知した。その時にはしっかりと時間をとって、聞かせてもらうことにしよう」

2人との秘密の会談は、こうして和《なご》やかなままに終わった。ラインハルトさんが魔法道具の蓋を閉じると、防音の魔法が解除される。話が終わったことを少し大きめの声で伝えると、他の部屋で待機していた皆さんがこちらの部屋にやってくる。

それからは彼らと色々な話をした。ローゼンベルグ殿からは診断書を受け取り、大樹海から帰った後の瘴気浄化《しょうきじょうか》について相談。彼はその内容に少し驚《おどろ》いていたようだけど、快く協力を約束してくれた。嬉しい誤算だったのは、彼が想像していた以上に好意的だったこと。どうも呪術師や祓魔師は俺《おれ》が思っていたよりも数が少なく、しかも需要が高いから慢《まん》性的《せいてき》な人手不足で忙《いそが》しいようだ。

エレオノーラ嬢とも改めて挨拶《あいさつ》をしたが、やはり無理をしているようだ。呪いに対する防護の魔法をかけてもらったようで、不快感は気にならなくなったと言っていたけど、それとは別に体調が優《すぐ》れないように見える。しかし、秘書の話をしたらすぐに指示を求めてきた。〝何もしない〟ということが耐《た》えられない場合もあるから、簡単な指示もいくつか出しておいたけど、基本はゆっくり休んでほしい。

最後にお馴染《なじ》みの護衛4人は、いつも通り。俺が呪われたと聞いて心配したと、元気そうで良かったと口々に声をかけてくれた。大樹海のことや今後のことを話し、彼らからは近況《きんきょう》など聞いて……楽しい時間が過ぎていく。

「それじゃ、気をつけて」

「帰ってきたら、すぐに連絡《れんらく》を頂戴《ちょうだい》ね」

日が落ちる前に、彼らは帰っていく。別れの言葉は短く、あっさりとしたものだけれど、彼らの激励《げきれい》と無事を祈《いの》る気持ちは伝わっている。来客を見送ったのは俺だけれど、同時に俺も彼らに見送られているような、不思議な感覚だ。

……これで全てが整った。

心置きなく、大樹海に行こう。

そしてまた、ここに帰ってこよう。

9章9話　樹海探索開始

「ここがシュルス大樹海か……」

ガナの森でラインハルトさん達と会い、別れてから南東に10日の旅を経て、ようやく大樹海の入り口に到着《とうちゃく》した。

事前に調べられるだけ調べて、得られる情報は得ていたけれど……本物の大樹海を直に見て感じたことは〝別世界〟だ。

現在地は樹海と外の丁度境目あたり。ここから正面と左右に乱立しているのは、子供の俺が両手を伸《の》ばして、10人いればようやく足りるくらいの太い木々。近づいて見るともはや壁《かべ》のようだ。高さは目測で大体40ｍといったところだろう。

この時点で既《すで》にかなりの巨木《きょぼく》だと感じるが、驚くべきことにこれはまだ幼木。樹海の外周から内側に向かうほど成木、古木とさらに巨大《きょだい》になっていくらしく、高さは最大で１５０ｍ、幹の直径は40ｍにもなるそうだ。

実際、遠くから樹海が見えた時は遠近感が狂ったかと思ったし、そこまでいくともはや頂上が目視できるかどうかも怪《あや》しい。

また、木々に巻きつく蔓《つる》や葉は、いかにも熱帯の植物だ。肌《はだ》には湿《しめ》り気《け》と熱を多量に含み、じっとりとベタつく空気を感じる。しかし後ろを見れば、草原と山の牧歌的な風景が広がっている。巨木もなければ熱帯の植物も全くなく、空気の湿気《しっけ》も少ない。

たったの数mの移動で気候や植生、匂《にお》いや虫の鳴く音。五感で感じるありとあらゆるものがガラリと変化する不思議……この急激な気候の変化といい、壁のように生い茂《しげ》る木々といい、樹海の中と外では本当に世界が違うような気がしてくる。

……フェルノベリア様が実験場みたいなものだと言っていたし、ここはビニールハウスや箱庭のようなものなのかもしれない。

「進むか」

ここに立ち止まっていても仕方がない。周囲に気を配りながらジャングルの中に踏《ふ》み込んでいく。

樹海の入り口付近は、まだ道があるので歩きやすい。素材採取のために来る冒険者も一定数はいるからだろう。最低限は切り開かれているし、地面も踏み固《かた》められているようだ。

尤《もっと》も、左右は大きな葉や垂れ下がる蔓で視界が悪いので、警戒が必要なことに変わりはない。

しかし……木々が巨大なので、思っていたよりも幹と幹の間隔《かんかく》が広い。洞窟《どうくつ》や廃坑《はいこう》、下手な建物の中よりも武器は振《ふ》りやすそうだ。

「！　『探知』」

歩き始めて5分と経《た》たないうちに、草をかき分けるような微《かす》かな音が耳に届いた。即座《そくざ》に魔力《まりょく》の波を使って周囲を探《さぐ》って見れば、多数の生き物が藪《やぶ》の中を高速で移動し、俺を取り囲もうとしていることが分かる。数は10匹《ぴき》。

「早速《さっそく》か」

「ギャアッ‼」

左の藪《やぶ》から飛び出してきた鉤爪《かぎづめ》を避《よ》け、すれ違いざまに一太刀《ひとたち》。周囲に鮮血《せんけつ》と生臭《なまぐさ》い匂いが広がって、馬より少し小さいサイズの影《かげ》が勢いよく地面を転がっていく。小型肉食恐竜《きょうりゅう》のような姿をした魔獣、〝ラプター〟だ。

「ギャア！」

「キシャーッ‼」

一体を切り捨てても、間髪《かんはつ》を容《い》れずに次が来る。

ラプターは魔獣の中では小型だが、知能が高い。最初の1匹は奇襲《きしゅう》を狙《ねら》って気配を殺していたけれど、奇襲が失敗したことを即座に理解して戦い方を変えた。数の利を活《い》かして獲物《えもの》を囲み、強靭《きょうじん》な顎《あご》と鋭《するど》い爪《つめ》で次から次へと襲《おそ》いかかる。シンプルだけど効果的で面倒だ。

「グルルル……」

「ギャッ！　ギャッ！」

「ギイッ！」

多対一の状況。緑色の体色も周囲の風景によく溶け込んでいて見にくいが、無理に攻《せ》め込まず、襲ってくる奴《やつ》から冷静に対処すればいい。前後左右からの攻撃《こうげき》の尽《ことごと》くを避け、あるいは受け流し、返す刀で淡々《たんたん》と首を刎《は》ねていく。

すると短時間で積み上がった仲間の死体が、彼らに危機感を抱《いだ》かせたようだ。ラプターの群れは瞬時《しゅんじ》に反転し、蜘蛛《くも》の子を散らす様に逃《に》げ出した。

「逃げ出すまでに５匹」

これは、撤退《てったい》が早いのか？　ある程度倒《たお》せば引くようだけど、この調子で連戦していると体力を削《けず》られる。まともに相手をしていると、消耗《しょうもう》が激しくなる……とりあえず、仕留めた分は回収しようか。

「『ディメンションホーム』」

周囲を警戒しながらディメンションホームを使い、呼び出したグレイブスライムに死体を回収してもらう。

一般的《いっぱんてき》に冒険者や猟師《りょうし》は、獲物の不要な部分は穴に埋《う》めたり焼いたりして処理するのがマナー。なぜなら動物の死体を放置していると、病気や他の危険生物を呼び寄せる原因になるから。しかし事前に調べた限り、大樹海では必要なければそのままその場に捨て置いてもいいらしい。

なんでも周囲が既に危険生物だらけなので呼び寄せるも何もなく、魔獣同士の争いで死体が転がっていることも珍《めずら》しくない場所だから。そんな所でいちいち処理をしていたら、体力も時間も無駄《むだ》になり、リスクが増えるからだそうだけど……やっぱり、殺した獲物を放置していくのは気が引ける。

「……また来たな」

予想はしていたが、血の匂いに惹《ひ》かれたのだろうか？　今度は先ほどの倍、20匹近い数が迫《せま》ってきている。流石《さすが》にこのペースで相手はしていられない。

「『フィアー』」

『シャアアァッツ!?』

「効果あり」

以前、冒険者ギルドの試験官を気絶させ、失禁までさせた恐怖《きょうふ》を与《あた》える闇魔法《やみまほう》。魔獣にも効果があったようで、迫ってきていた群れは一目散に逃げていった。この魔法《まほう》で追い返せるなら、接敵が避けられない時はこれで対処しよう。

「あ……群れる魔獣なら契約《けいやく》すればよかった」

そうすれば、この先ラプターに乗って進めたかも……いや、ラプターは速度を出すため体格の割に体重は軽く、力はそこまで強くないらしい。俺を乗せると走れたとしても速度は落ちるだろうし、俺も裸馬《はだかうま》に乗る訓練なんてしていない。爬虫類《はちゆうるい》の鱗《うろこ》は馬より滑《すべ》りやすそうだから、メリットよりデメリットの方が大きいか。

「ん、回収ありがとう。やっぱり便利だな」

準備期間中にグレイブスライムの能力を調べたところ、遺体安置スキルは生き物の死体を収納できるだけでなく、保管した肉の劣化《れっか》を遅《おく》らせる効果があると判明した。

ディメンションホームの中にはゴブリン達も待機しているので、回収した死体は彼らに引き渡《わた》されて解体から下処理、素材の保管までやってくれる。作業工程が多くて１人では大変な作業を勝手にやってくれるから、非常に助かる。

「今後ともよろしく」

感謝を捧《ささ》げながらグレイブスライムをディメンションホームに戻して、再度出発。そのタイミングで、バケツをひっくり返したような豪雨《ごうう》が降り始める。

「っと！　本当にいきなり降ってきた……この辺は戦闘《せんとう》よりも、環境が問題だな」

この前のトレル峡谷《きょうこく》もあれはあれで危なかったけど、ここは熱帯雨林のような暑さと湿気、そしてこのいつ降り始めるか分からない豪雨《スコール》が厄介《やっかい》だ。

事前に雨避《あまよ》けの結界を張っておいたから濡《ぬ》れはしないけど、視界は悪くなるし周囲の音もかき消されてしまう。

それはつまり、敵の接近に気づきにくくなるということで――

「確かにこれは、初見だと危ないかもしれない」

「シャァッ⁉」

雨にまぎれてまたラプターが迫ってきたので、闇魔法で追い返す。

自分の五感だけでなく、魔力感知と武器にしているスティールスライムにも警戒をお願いしているので難なく対応できているが、目と耳に頼っていたらもっと神経を使うだろう。

亡霊《ぼうれい》の街でシーバーさん達から色々と教わっていて良かった。

こうして感謝するまでのわずかな時間で雨脚《あまあし》が弱まり、止《や》む。足元は雨の影響でやわらかく、歩きにくくなった。仮に雨の対策を怠っていたら服は重く、体温も奪《うば》われていただろう。

また、周囲の草むらには当然のように毒虫やヒルの類《たぐい》も生息しており、これを防ぐには虫除《むしよ》けの使用が推奨《すいしょう》されているけれど……あの勢いの雨に打たれ続ければ流れ落ちてしまうだろうな。

怪我《けが》、足場の悪さ、体力の消耗、熱中症《ねっちゅうしょう》に低体温と、本当に過酷《かこく》な環境だ。

「しかし、本当にすごいな……ここまで環境を変えるなんて」

わざわざ目を向けなくても視界に入るこの巨木。地球の木だとジャイアント・セコイア

に近いこの木々の名は〝放熱樹〟。その名の通り、光合成をして成長する過程で、酸素や

二酸化炭素と一緒《いっしょ》に熱を放つ性質を持つ特殊《とくしゅ》な木であり、この環境を構築している元凶《げんきょう》。

1本から発せられる熱量はそれほど多くはないそうだけど、これだけの数が密集して熱

を放っていれば、あれだけの暑さも納得《なっとく》だ。

じきにまた先ほどの、まるで温度低めのサウナのような熱気が襲ってくるのだろう。そ

して熱気は上昇《じょうしょう》気流に変わり、上空に積乱雲を生んでまたスコールが降るという無限ル

ープを生む。

さらに付け加えると、この木は一定の条件を満たすことで樹海の外まで急速に生息圏《せいそくけん》を

広げてしまう、特定外来種のような性質も持つ。

「『フィアー』」

「ギャアァ！」

「本当に次から次へと来る。これで少人数での行動が推奨されてるんだから、普通《ふつう》の人はきついだろうな……」

シュルス大樹海に生息する魔獣の多くは好戦的で、たとえ敵の数が多くてもお構いなしに襲ってくるものも多い。そのため、大勢でチームを組んでの探索は発見されるリスクを高め、さらに襲撃《しゅうげき》の規模を大きくしてしまう。

それが危険なのは言うまでもないが……それは樹海内で活動する人間に限った話。大人数で活動するリスクはもう2つあり、1つは樹海の魔獣が樹海の外に出てきてしまう危険性。そしてもう1つは、樹海そのものが拡大し、周辺地域を侵食《しんしょく》する可能性。

厳しい話だが、実力が足りずにその場で死ぬなら、それは自分の意思で立ち入った冒険者個人の責任で話は済む。しかし、倒《たお》しきれずに魔獣を引き連れたまま外に逃げ出せば、関係のない人間を巻き込《こ》む可能性がある。

この樹海の魔獣はこの気候に適応しているため、好んで樹海の外に出ることはないが、獲物を追う場合はその限りではない。また、食物連鎖《れんさ》の結果、彼らの糞《ふん》には樹海を構築する放熱樹の種が含まれているため、多数の魔獣が外に出ると樹海が広がってしまうのだ。

植物と魔獣の性質が組み合わさって、この樹海は人間の数に任せた侵攻《しんこう》や開拓を拒《こば》み、時に逆侵攻《ぎゃくしんこう》を始める。この特性から、シュルス大樹海は〝報復の森〟という別名を持っているほどだ。

冒険者ギルドが進入できる冒険者をCランク以上と定めているのも、ギルド、ひいては国が樹海の拡大を危惧《きぐ》していることの表れであり、そうなるように仕向けたフェルノベリア様の狙い通りというわけだ。

また、それでも入ってくる人間が尽《つ》きないのは、人間の好奇心《こうきしん》や欲の深さの表れなのかもしれない。……俺も含めて。

「『ハイド』」

さて、これも効果はあるだろうか？　レミリーさん直伝の魔法で気配を消し、速度を緩《ゆる》めることなく突《つ》き進《すす》む。ひとまずの目的地は、冒険者達《たち》が樹海内での活動のため、独自に作りあげたという活動拠点。

拠点は複数あるらしいが、奥《おく》に行くほど数は少なく、拠点と拠点の距離もあく。最終目的地であるコルミ村の跡地《あとち》は、最後の拠点よりさらに先だけれど……千里の道も一歩から。

最初の拠点は魔獣による妨害込《ぼうがいこ》みで、大人が数時間も歩けば着く距離という話だ。肩慣《かたな》らしをしつつ、一気に行こう。

一歩、また一歩と進む道の先は、危険と未知に満ち溢《あふ》れている。

体と本能でそれを感じるが、湧《わ》き上がるのは恐怖ではなく期待。

無駄な緊張《きんちょう》を感じることもなく、歩みは止まるどころか至極《しごく》軽《かろ》やかだった。

特別書き下ろし・神々の休息

竜馬《りょうま》がシュルス大樹海の探索を始めた頃《ころ》……神界では円卓《えんたく》についた10柱の神々が、険しい顔で虚空《こくう》を睨《にら》んでいた。

「あ、見つけた〜」

「どこじゃ？」

「ここだよ、海の底。この位置なら処理も可能だけどぉ、ひとまず位置情報を記録して、何か動きがあったら分かるようにだけしておくねぇ」

「ひとまずは、それでよかろう。処理をするにも、まずは魔王《まおう》の欠片《かけら》が他にないかを確認《かくにん》せねばならんからな」

「クソッ、やろうと思えば一瞬《いっしゅん》で消し飛ばしてやれるのに」

セーレリプタの発見報告を受けたガインが対応を確認すると、2柱の会話を横で聞いていたキリルエルが苦渋《くじゅう》を滲《にじ》ませる。

「気持ちは分かるけど仕方がない。処分はすること自体は可能でも、それをすれば少なからず周辺環境《かんきょう》に影響が出る。まずは全ての位置とその現状を把握《はあく》して、処分に伴う影響の計算。それを元に処分の優先順位を決定……最低限これくらいは確認してからでないと、処理の影響で世界にダメージを与えてしまう」

メルトリーゼが虚空を見つめながら淡々と手順の必要性を語るが、それはキリルエルも理解している。それでも不満を漏《も》らしてしまうほど、魔王の欠片の捜索《そうさく》は神々にとっても神経を削る作業だった。

「そりゃ分かってるけどさ、アタシはこういう細かい作業は得意じゃないんだよ。それに捜索範囲《はんい》は世界中、対象は小さすぎてそもそも分かりにくいのに、なけなしの力で隠蔽《いんぺい》工作までされてるなんて、見つけにくいったらありゃしない」

「発見が困難だという点には同意する。これまで我々の目を欺《あざむ》いていただけはある、高度な隠蔽だ。……だが、対象があれだけ細かくなったのは、お前が執拗《しつよう》に爆散させたせいもあるのではないか？」

フェルノベリアに指摘《してき》され、キリルエルは一瞬だけ痛いところを突かれたとばかりに表情を歪《ゆが》めた。

「アイツはそのくらいしないと倒せなかっただろ。腐《くさ》っても元は格上で、しかもクフォと同じ生命を司《つかさど》る神だっただけあって、やたらとしぶとかったし」

「ちょっとー、あれと一緒にされるのは心外なんだけどー」

クフォがぞんざいな抗議《こうぎ》の声を上げると、誰《だれ》かのため息がやけに大きく響《ひび》く。

「皆、ちょっと休憩《きゅうけい》にしましょう」

「そうですね……やろうと思えばいくらでも続けられはしますが、気分が鬱屈《うっくつ》としてきているわ」

「どうせ先が長くなることは確定しとるからな。気長にやるべ」

「ボクも賛成～、竜馬君は何してるかなっとぉお？　ちょうど樹海に入ったところみたいだね」

賛成の声と同時に、セーレリプタはそれまでやっていた作業を中断。流れるように円卓の上に飲み物と焼き菓子を出現させて、下界にいる竜馬の様子を眺《なが》め始めた。

「なんだ、あいつはもう樹海に行ってるのか？　依頼《いらい》のせいで急ぎすぎてなけりゃいいんだが」

「テクンの心配は無用。彼《かれ》に依頼してから今までの経緯《けいい》を確認したけど、問題はない。私達《たち》がこちらにかかりきりだっただけで、人間にとっては十分な時間があったと見られる」

「前から少しずつ準備をしていたからね～……それにしても、竜馬君は行動に緩急《かんきゅう》の差が大きい気がするけどぉ」

「ゆっくりな時は本当にゆっくり、早い時は本当に爆速で動くよね」

クフォが笑うと、つられて他の神々の雰囲気《ふんいき》も和《やわ》らいだ。

「急《せ》かしたつもりはないが、早く対処してもらえるならその方が助かる」

「いやいや、今は樹海の問題を棚上《たなあ》げできるだけでも助かるじゃろう」

「魔王の欠片の対処に専念できるのはありがたいですね。並行《へいこう》して対処が必要になると、手分けをせざるを得ませんからね」

「ただでさえ手が欲《ほ》しい時に、頭数が減るのは勘弁《かんべん》だなぁ。できればマノアイロアにも顔を出してもらいたいんだけんど……」

グリンプの言葉に、他の神々は心から同意した。しかし同時に、諦《あきら》めてもいた。

「絶対に無理ですね」

「アイツが他人に合わせるとかないって」

「一応、連絡したら向こうは向こうで探すと言っておったぞ。見つけたらその都度連絡すると。協力する姿勢があるだけマシと言えよう」

一刀両断。鋭く否定するウィリエリスとセーレリプタに、ガインが軽くフォローを入れる。

「事が事だし、流石のあいつも動くか。途中《とちゅう》で〝飽《あ》きた〟とか言って放り出しそうな気がするあたりが不安だけどな」

「キリルエルの気持ちも分かるわ……マノアイロアの飽き性《しょう》と気分屋は筋金入りだもの」

「アイツも神なんだ、最低限のことはやるだろ。それよりもフェルノベリア、竜馬への報《ほう》酬《しゅう》は決めたのか？　この前は考えとくと言ってたが、この分だと何らかの結果が出るまでそんなに時間がなさそうだぞ」

テクンがそう言うと、フェルノベリアは腕《うで》を組んで視線を軽く上に向ける。

「……実は少し迷っている。与えようと思えば何でも与えられるが、それ故《ゆえ》に何を用意すべきかとな」

「だったらアレをあげればぁ？　ほら、地球から半ば押《お》し付けられた刀があったじゃない。あれってそもそも竜馬君の父親の遺品でしょ？　この機会に渡しちゃったらいいじゃん」

「却下《きゃっか》だ。あの刀は軽々しく世に出していいものでもない。報酬の件とは話が別だ。渡すのならば別の機会に、もう少し様子を見てからだろう。

それに、死亡時に一度手放すことを余儀《よぎ》なくされたとはいえ、あれは元々竜馬の所有物。相手の所有物を報酬として渡すのもどうかと思う」

「呪《のろ》いに対処する魔法を教えてあげればば？　貴方《あなた》の専門分野だし、本人も喜ぶんじゃない？」

「ルルティア、それは考えた。しかし、呪いに関してはすでに解呪の目処《めど》が立っている。効果を一時的に緩和《かんわ》する魔法があれば役立つだろうが、そもそも竜馬があの呪いを受けたのは我々の不手際《ふてぎわ》が原因だ。これも報酬として渡すのはやや引っかかる。

それに報酬であれば、仕事に見合うだけのものを与えるべきだ。今回竜馬に依頼した魔獣への対応は、本来我々、神の仕事。成功させた場合、どれほどの報酬が適正だと思う？」

フェルノベリアの意見に、まず賛同したのはメルトリーゼだった。

「相性《あいしょう》が良くて可能性があるというのは事実だけど、普通の人間であればまず不可能であることも事実。仮に人間社会で功績が広まれば、英雄《えいゆう》として讃《たた》えられてもおかしくない」

「公爵家《こうしゃくけ》の夫婦《ふうふ》も話していたが、儂《わし》らとの距離が近過ぎるせいで一般人《いっぱんじん》とは少し感覚がズレておるのじゃろう。本人は軽く引き受けておったし、ついでに瘴気《しょうき》の除去にも力を入れるつもりのようじゃぞ？　儂らへの恩返しじゃと」

「助かりますが、報酬を用意するとなると悩《なや》みますね……」

「難しく考えず、加護を与えてやったらいいんでねぇか？　フェルノベリアの加護なら魔法関係。本人も喜ぶべ」

「それは個人的にやりたくない。加護は役に立つが、下手に与えれば成長を阻害《そがい》する。私は魔法の神であると同時に学問の神だ。竜馬に限らず学ぶ意欲のある人間には、余計な手出しをしたくない」

「……これ報酬選びが難しいとかいう話じゃなくて、フェルノベリアが面倒臭《めんどうくさ》い性格してるだけなんじゃねぇか？」

テクンの言葉を肯定《こうてい》する者はいなかったが、否定をする者もいなかった。

「もういっそのこと、竜馬をこっち側に認定《にんてい》したらどうだ？　人間には名誉職《めいよしょく》ってもんがあるし、世界のためになることを今後もやる気ならちょうどいいんじゃないか？」

ここで出たキリルエルの提案には一考の余地があったようで、神々は各々《おのおの》思考する。しかし、フェルノベリアがいち早く首を横に振った。

「我々を崇《あが》める教会の人間や一般的な信徒であれば、名誉なことと喜ぶだろう。だが竜馬は違う。要《い》らぬ物を押し付け、功績に対して表彰《ひょうしょう》の言葉と紙1枚で済ませるような形になってしまうのは不本意だ。報酬は物でも情報でも、価値を持つものにしたい。

また、その事実が何かの拍子《ひょうし》に露見《ろけん》すれば、我々の使途《しと》だなんだと人間が大騒《おおさわ》ぎするのが目に見える。逆に迷惑《めいわく》だろう」

「あー……ごく僅《わず》かだけど、アタシら神の気配を感じられる人間もいるにはいるしな。やめとくか」

「ボクは賛成だけどなぁ～、竜馬君がこっち側になって手を貸してくれるなら色々と助かるし。魔王の欠片だって場所によっては回収してきて～って頼《たの》めるじゃん」

「セーレリプタ、そんな事のために竜馬君を引き込もうとするのは――」

「その手があったな」

「――フェルノベリア？」

今回、竜馬に樹海の魔獣《まじゅう》の件を任せたのはさまざまな条件が重なった特例的なこと。可能な限り人間に頼《たよ》るべきではない。そのように常々反対を口にしていたフェルノベリアから、肯定的《こうていてき》な言葉が出たことに神々は驚く。

それは神々の中でも自由気ままで、竜馬に頼もうと臆面《おくめん》もなく口にできるセーレリプタが思わず目を見開くほど。彼とよく口論に発展するウィリエリスが、苦言を呈《てい》するのをやめるほどの衝撃《しょうげき》だった。

「ん？　何を揃《そろ》って変な顔を……ああ、別にセーレリプタの意見に賛同したわけではない。有効性は認めないこともないが、今回手伝わせたから次もというのは好ましくない」

「んじゃ何だよ、さっきの〝その手があったな〟ってのは」

「失念していたが、竜馬は下界の物を神界に直接持ち込むことができる。その逆も然《しか》り。テクンも以前、盃《さかずき》を渡したと話していなかったか？」

その言葉で神々は得心した。フェルノベリアは竜馬に神器を渡すことを考えているのだと。

「武器じゃなければそこまで危険なこともないだろうし、いいんじゃないかしら？」

「俺が渡したのも日用品みたいな物だしな。効果を調整すれば問題ないだろ」

肯定的な意見を示すルルティアとテクン。他の神々からも特に反対意見が出ることもなかった。しかし、報酬が何らかの神器を与えることに決まると、次はどんな神器を用意するかが焦点《しょうてん》となっていく。

こうして神々は相談をしながら、束《つか》の間《ま》の休息を味わっていた。

あとがき

こんにちは、〝神達に拾われた男〟作者のＲｏｙです！

読者の皆様、「神達に拾われた男　14」のご購入ありがとうございました！

新しいスライムと新しい魔法、そして頼りになる大人達と共に、亡霊の街を攻略したリョウマですが、最後に面倒事を引き当てましたね。

しかし神々の協力もあり、本人は特に気にすることなく、かねてからの目標だった大樹海へと踏み込みました。いよいよ大きな目標が1つ、達成されそうなところまで来ましたが……リョウマは既にその後のことも考え始めている様子。

また、公爵家にも一部とはいえ自らの事情を打ち明けましたし、新たな部下となるエレオノーラも紹介されました。彼女は彼女で難儀な事情と思いを抱えているようですし、帰還後の関係はどうなることやら。

まだ街に出てさほど時間が経っていない頃に立てた、〝樹海を訪れる〟という目標。当時はまだ漠然とした計画で、実現までは最短ルートとは言えない、紆余曲折ある道のりでしたが……ここまでの出会いや経験が、彼の中で少しずつ、ゆっくりとですが形になってきているようです。

今後、大樹海では何を見て、誰と出会うのか？　何を感じ、どうするのか？　そして、二度目の人生をどう生きていくのか？　これからも皆様には見守って、楽しんでいただけたら幸いです。

アイアンスライム

▶スティールスライム

メタルスライム

▶ワイヤースライム

マッドスライム

▶スラッジスライム
▶ソイルスライム

アクアスライム

▶スウェッジスライム
▶アイススライム

【現状進化先なし】

★ブラッディースライム
★フラッフスライム
★ドランクスライム
★スノースライム

【魔法系スライム】

・アーススライム
・ウィンドスライム
・ウォータースライム
・ダークスライム
・ライトスライム
・ヒールスライム

リョウマのスライムリスト

※▶は進化の可能性を示しています　※すべてのスライムは【通常スライム】より派生

スティッキースライム

▶スパイダースライム
▶クラストスライム
▶ファイバースライム
▶ラテックススライム▶ラバースライム

アシッドスライム

▶パールスライム
▶シェルスライム

ポイズンスライム

▶メディスンスライム
▶スティングスライム
▶フィルタースライム

スカベンジャースライム

▶コンポスタースライム
▶ファータイルソイルスライム
▶グレイブスライム

クリーナースライム

▶デオドラントスライム

ウィードスライム

▶アクアティックウィードスライム
▶アルガスライム
▶アッシュスライム▶スモークスライム

ストーンスライム

▶サンドスライム

小説第⑨巻は2024年3月発売！
9
作画 大前貴史 原作 明鏡シスイ
信じていた仲間達にダンジョン奥地で殺されかけたが
ギフト『無限ガチャ』で
レベル9999の仲間達を
元パーティーメンバーと世界に復讐&『ざまぁ！』します！
週刊少年マガジン公式アプリ
「マガポケ」にて
好評連載中!!
コミックス
最新第⑨巻も
好評発売中！
第⑩巻は11月9日発売！
作画：大前 貴史
原作：明鏡シスイ キャラクター原案：tef

信じていた仲間達にダンジョン奥地で殺されかけたが
ギフト『無限ガチャ』で
レベル9999の仲間達を手に入れて
元パーティーメンバーと世界に復讐&
『ざまぁ!』します!
「小説家になろう」
四半期総合ランキング
第1位
(2020年7月9日時点)
①〜⑧巻
好評発売中!!
レベル9999で
圧倒的無双!!!!!!
明鏡シスイ
イラスト/tef

Anytime! can!
いつでも自宅に帰れる俺は、異世界で行商人《ぎょうしょうにん》をはじめました
霜月緋色 著
Hiro shimotsuki
ill. いわさきたかし
①～⑧巻 好評発売中!
⑨巻 2024年発売予定!

「小説家になろう」
四半期
第1位
異世界転生・転移
ファンタジー部門
（2019年8月19日時点）
いつでも自宅に帰れる俺は異世界で行商人をはじめました
vol.1
漫画 明地雫
原作 霜月緋色
コミック単行本
①～④巻 好評販売中!!
漫画：明地雫
原作：霜月緋色
キャラクター原案：いわさきたかし

邪神の使徒たちの動きに
後手に回っていた冬夜たちだが、
ついに方舟の位置を捕えることに成功した。
フォンとともに。30
2024年春頃発売予定！

ここから反撃開始の
強襲作戦が
始動する——!!
異世界はスマート
冬原パトラ
illustration■兎塚エイジ

森辺の民たちが西方神の洗礼を受け終えたのを確認し、
監査官たちは王都へと帰還した。
これで一連の事件も終わったかと思いきや、
兵士がモルガの山に近づいたことが原因でモルガの三獣である
赤き野人がラントの川に流れついてしまう。
初めて見る赤き野人は、
人間と変わらない可愛らしい少女の姿をしていて……
Author EDA
Illust. こちも
異世界料理道
VOLUME 32
Cooking with wild game.

ファの家に新たな居候が
増える第32弾！
2024年
冬ごろ発売予定！

次巻予告

獣王連合国から無事に帰還したエリーは、
父に続いて兄・エイワスと顔を合わせることに。
ついに、王国にその居場所を知られてしまったエリーは、
慎重に次の動きを考えていた。

そんな危機的状況のさなか、帝国は5日間にわたる祝祭シーズンに突入!!
兄の動きを警戒する中、屋台に大道芸人、武術大会とお祭り騒ぎの帝都を、
エリーはアリスたちと楽しむことに――

どんな状況でも娘と祝祭を楽しむ天才令嬢による
大逆転復讐ざまぁファンタジー、第5弾!!

ブチ切れ令嬢は報復を誓いました。

The Furious Princess Decided to Take Revenge

――魔導書の力で祖国を叩き潰します――

5

2023年冬、発売予定!!

HJ COMICS
コミックス第2巻
大好評発売中!!
漫画 おおのいも

HJ NOVELS
HJN27-14

神達に拾われた男 14

2023年11月19日　初版発行

著者——Roy

発行者—松下大介
発行所—株式会社ホビージャパン
〒151-0053
東京都渋谷区代々木2-15-8
電話　03(5304)7604（編集）
03(5304)9112（営業）

印刷所——大日本印刷株式会社

装丁——coil／株式会社エストール

Printed in Japan

ISBN978-4-7986-3343-5　C0076